MEURTRE AUX THERMES

LES AUTEURS

Avec Bayard Éditions,
ils ont participé à la création de MYSTERIA.

Philippe Andrieux
Il a appris son métier à la FEMIS, la plus grande école de cinéma française. Il travaille maintenant pour le cinéma, la télévision, où il écrit des scénarios, prépare des dessins animés, tourne des films. Pour MYSTERIA, il a lu toutes sortes de livres sur les Romains, il a interrogé des historiens et, en peu de temps, il est devenu très très savant !

Laure Mistral
Elle a fait des études de lettres classiques, ce qui veut dire qu'elle connaît le latin et le grec comme sa poche. Elle est maintenant une incollable de la grammaire et des mots d'usage. Elle a même dirigé l'écriture d'un très gros dictionnaire.

Luc Rigoureau
Il a été professeur de français. Depuis qu'il est tout petit, il lit et il écrit. Il sait si merveilleusement raconter les histoires qu'on se demande s'il n'est pas né avec une plume au bout des doigts.

La Péniche
Sous ce drôle de nom se cache une équipe de documentalistes et de journalistes. Certains ont fait des études d'histoire, d'autres de lettres, d'autres encore de journalisme. Ils ont réuni pour les auteurs de nombreux documents sur les lieux, les dates et les événements historiques.

Thierry Ségur
Il a fait des études d'art et après un petit séjour chez *Casus Belli*, le magazine des jeux, il s'est fixé sur la bande dessinée, le temps de réaliser quatre magnifiques albums dans le genre « médiéval fantastique ». Il sait tout faire : des gens de près, de loin, des gentils et des méchants, des images d'aujourd'hui et des aventures d'autrefois.

© Bayard Éditions, 1999
3, rue Bayard, 75008 Paris
Dépôt légal : novembre 1999
Loi 49-956 du 16 juillet 1949 sur les publications destinées à la jeunesse
Tous les droits réservés. Reproduction, même partielle, interdite.

ISBN : 2 227 74705 6

MYSTERIA

MEURTRE AUX THERMES

Avertissement

*Es-tu prêt à basculer dans l'Histoire ?
Vite, enfile ta tunique et saute dans l'aventure !
Prépare-toi à vivre des moments exaltants :
des rencontres inquiétantes, des poursuites infernales,
des actions palpitantes, des bagarres spectaculaires,
et même quelques stupéfiantes découvertes...*

ROME

Antonius

Marcus

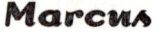

Il est beau, il a quinze ans et il est grand. Il est si grand, si musclé, si costaud qu'on lui donne au moins quatre ans de plus. Antonius est orphelin. Il a été adopté par les parents de Marcus, son cousin. Il habite donc avec eux. Il travaille chez un marchand de poisson, un Grec du nom de Bakyrès.

C'est un petit blond, un peu maigrichon, très futé. Il a quatorze ans et il travaille aux thermes d'Agrippa, comme son père. Il habite avec son cousin Antonius.
Il sait beaucoup de choses, mais en côtoyant les clients des thermes il a appris à se taire.

Menander

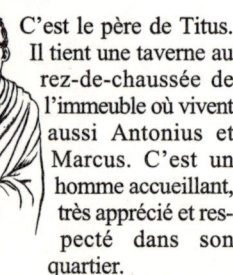

C'est le père de Titus. Il tient une taverne au rez-de-chaussée de l'immeuble où vivent aussi Antonius et Marcus. C'est un homme accueillant, très apprécié et respecté dans son quartier.

Bakyrès

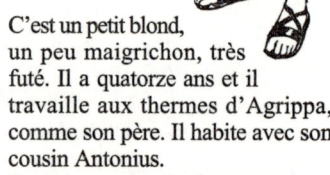

C'est le père d'Akis. Ancien esclave grec, il a été affranchi et s'est enrichi dans le commerce de poisson. Il possède un grand entrepôt et plusieurs magasins dans Rome.

LES HÉROS

Titus

Il a quatorze ans, et c'est le plus savant, mais aussi le plus peureux de la bande. Il habite dans le même immeuble que ses deux amis, Marcus et Antonius, où son père tient une taverne. Tous les jours, il suit les cours chez son professeur de littérature.

Akis

Il est le fils de Bakyrès, le marchand grec. Il travaille donc avec Antonius. C'est le plus discret des quatre garçons. Un peu trop gros pour ses quatorze ans, Akis a les cheveux roux et un visage rond constellé de taches de rousseur. Il habite dans une belle villa, un peu à l'écart de la ville.

Aulus Valerius

Il est Préfet de la Ville. C'est lui qui dirige la police romaine. C'est donc un personnage important. Il connaît bien Marcus, car il fréquente régulièrement les thermes d'Agrippa.

Julius Proprianus

Il est officier, c'est-à-dire chef des vigiles qui sont les « policiers » de nuit à Rome. Il patrouille en permanence dans les rues sombres de Subure, un quartier très mal famé de Rome.

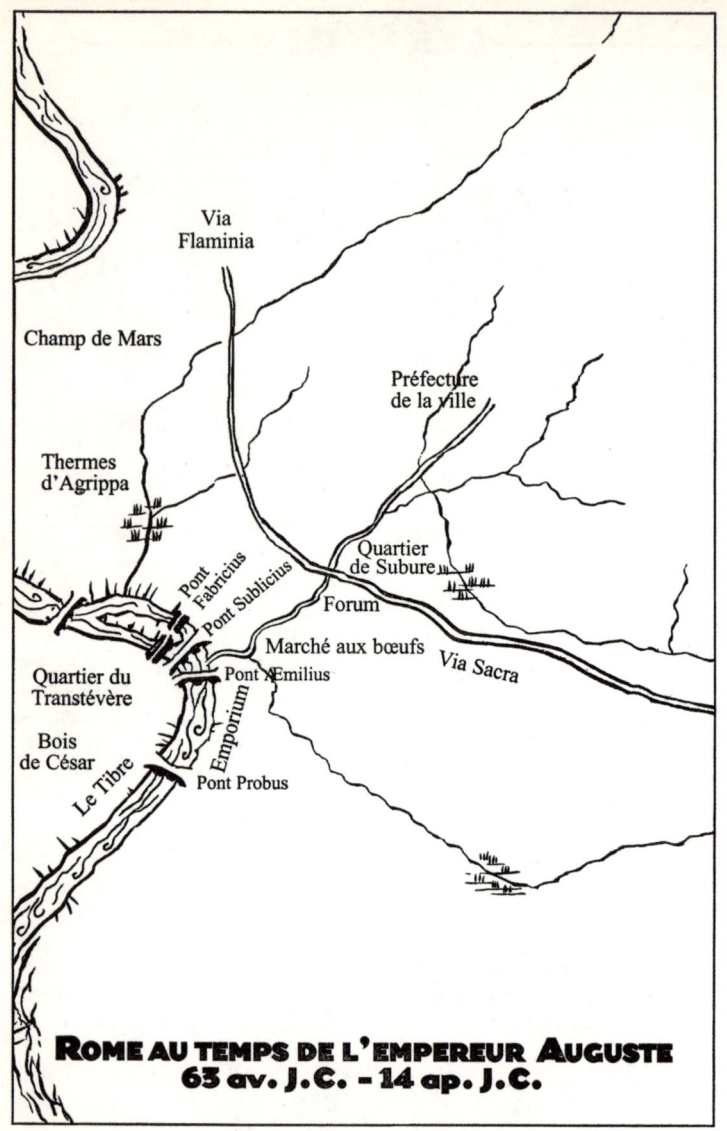

*Cela se passe il y a 2 000 ans à Rome.
Quatre amis, vivant dans le quartier du Transtévère,
sont les témoins involontaires d'une étrange affaire...*

Un cri terrible retentit dans les thermes d'Agrippa. Aussitôt, le brouhaha des baigneurs s'arrêta. C'était la fin de la matinée, heure à laquelle les habitants de Rome venaient se laver dans les immenses bassins d'eau bouillante ou tiède et se faire masser ou épiler gratuitement.

Dans les vestiaires, le jeune Marcus releva brusquement la tête. Le cri venait de la salle des eaux chaudes. Sans hésiter, le garçon abandonna les vêtements qu'il était en train de ranger et se précipita.

Au milieu de la grande pièce, un attroupement s'était formé au bord du bassin. Marcus croisa plusieurs personnes qui reculaient, l'air bouleversé.

« Que se passe-t-il enfin ? » se demanda-t-il, de plus en plus inquiet.

Partagé entre la curiosité et la peur de ce qu'il allait découvrir, Marcus réussit à se glisser entre les clients. Horrifié, il se figea.

Depuis qu'il travaillait aux vestiaires, il avait vu bien des vols et des bagarres, mais jamais un spectacle aussi affreux. Sur les marches menant au bassin, un homme gisait à plat ventre dans une flaque de sang.

– Que lui est-il arrivé ? demanda quelqu'un. Il a glissé ?

– Je ne sais pas, je sortais du bain, et il est tombé raide devant moi ! lui répondit en tremblant un vieillard.

– Que se passe-t-il ici ? Qui a crié ?

Marcus sursauta en reconnaissant cette voix. C'était celle d'Aulus Valerius, le préfet de la Ville, responsable des services de police à Rome. Valerius était un habitué des thermes. Il se trouvait dans la salle de massage lorsqu'il avait entendu le cri.

– Écartez-vous ! Allez, laissez-moi passer ! continuait le préfet d'un ton autoritaire.

Mais, au milieu des exclamations et des commentaires, il avait du mal à se faire entendre.

– Vous avez entendu le préfet Valerius ? cria Marcus d'une voix stridente. Écartez-vous !

Il poussa les badauds autour de lui pour permettre à Valerius de s'approcher. Ce dernier reconnut la mince silhouette de l'adolescent blond, vêtu de la tunique bleu clair des employés des thermes. Valerius avait eu plusieurs fois l'occasion d'apprécier l'aplomb et le courage de Marcus. Il s'étonnait de la vivacité et de la maturité précoce du garçon.

Marcus se tenait à côté du cadavre, mais lui avait instinctivement tourné le dos. Tandis que Valerius se penchait sur le corps, l'adolescent repéra son collègue Claudius au milieu des clients qu'il tentait de faire reculer.
— Claudius! appela-t-il. Va chercher les gardes, au lieu de rester planté là! Et vous, allez-vous-en, lança-t-il à la foule.
Les curieux se dispersèrent un à un et repartirent à regret vers les vestiaires.
Peu après, Claudius surgit, suivi de quatre gardes chargés de la surveillance des thermes qu'il avait trouvés assis en train de bavarder à l'extérieur des bâtiments.
Valerius se redressa et s'adressa aux garçons :
— Cela ne va pas être très agréable, mais j'ai besoin de vous.
Deux des gardes avaient déjà retourné le cadavre. Valerius fit signe à Marcus et Claudius de s'approcher.
— Vous le connaissez? demanda-t-il.
En frissonnant, Marcus se pencha. Le visage du mort était figé dans une grimace de surprise épouvantée. Le garçon secoua la tête, imité par Claudius.
— Ce n'est pas un habitué, dit finalement Marcus d'une voix faible. Et je ne me rappelle pas m'être occupé de ses vêtements aujourd'hui.
— Tant pis, soupira Valerius. Merci quand même. Vous pouvez partir.

Les garçons s'éloignèrent sans se faire prier et retournèrent à leur travail.
Il se passa un bon moment avant que le préfet ne regagne les vestiaires. Marcus avait eu le temps de reprendre ses esprits. Il s'avança vers Valerius et lui tendit ses vêtements.
– Alors ? Que s'est-il exactement passé ? demanda-t-il au préfet.
Le visage de Valerius était grave.
– Il a été assassiné, répondit-il d'une voix lasse. D'un coup de couteau. Nous n'en savons pas plus, aucun employé ne l'a reconnu. J'ai fait enlever le corps.
– On va arrêter le meurtrier ?
– Il y a peu de chances, soupira Valerius. Tout s'est passé très vite, et l'assassin a dû quitter les lieux sans demander son reste. Il nous faudrait des témoins. Mais, dans ce genre d'affaires, les gens ont souvent peur de dire ce qu'ils ont vu.
Marcus aida Valerius à se draper dans sa toge.
– Bon, je vais à la Préfecture m'occuper de ça, dit le préfet.
Il posa sa main sur l'épaule de Marcus :
– À bientôt, Marcus. Et si tu remarques quelque chose, n'hésite pas à venir m'en parler.
– Bien sûr ! À bientôt, Valerius !

Un calme pesant s'installa dans les vestiaires. Marcus se rassit sur son tabouret, au pied des compartiments où étaient soigneusement pliés les vêtements des baigneurs. Il était encore sous le choc. Des images horribles dansaient devant ses yeux. Il revoyait le sang sur le dallage, la grimace de la victime. Emporté par son imagination, il se dit soudain que le meurtrier était peut-être encore là, derrière une colonne, prêt à recommencer.

Terrifié, Marcus pensa que, si on l'attaquait, il pourrait toujours crier, personne ne l'entendrait. Car il était seul, maintenant. La plupart des clients avaient déguerpi, et ses collègues en avaient profité pour s'éclipser à la taverne.

Il se tourna et se retourna sur son siège, guettant le moindre bruit.

Soudain, il entendit un clapotis régulier. Puis des mots étouffés. Non, plutôt des grognements.

Des pieds mouillés claquaient sur les dalles de marbre.

« C'est l'assassin ! se dit Marcus, complètement paniqué. Il revient ! »

2

Le garçon n'eut pas le temps de se cacher. Deux hommes entrèrent dans les vestiaires.
Le premier avait des cheveux gris et le regard hautain. Son comparse était brun avec un cou épais de taureau. Il tenait une serviette à la main. Ils s'arrêtèrent au milieu de la pièce. Ils n'avaient pas vu Marcus, recroquevillé sur son tabouret.
L'homme aux cheveux gris appela d'une voix pleine de mépris :
– Eh, là ! Quelqu'un pour mon vestiaire !
Marcus fit la grimace. Il s'était ressaisi, mais ces deux types ne lui disaient rien qui vaille. Il se leva néanmoins, en essayant de masquer son trouble.
– Je suis à vous tout de suite ! lança-t-il.
Le premier client posa sur lui un regard dédaigneux. L'expression de sa bouche était dure.
– C'est ça, et presse-toi un peu ! siffla-t-il en se laissant tomber sur un banc.
Marcus réfléchissait à toute vitesse : « Où sont

leurs habits ? C'est Claudius qui s'est occupé d'eux ! Mais il n'est pas là, bien sûr ! »

Il se précipita vers les casiers à vêtements dont Claudius était responsable. Il y trouva une toge blanche à liseré pourpre, comme en portaient les sénateurs, et qui devait appartenir au client aux cheveux gris, si autoritaire. Les sénateurs étaient des hommes de pouvoir et d'expérience. Avec les chevaliers, ils constituaient la noblesse de Rome et dirigeaient les affaires de l'Empire, sous la direction d'Auguste.

Marcus repéra aussi une tunique brune assortie d'un grand manteau bleu à capuche. D'étranges motifs étaient brodés sur la poitrine : « Ça, c'est la tenue d'un étranger », se dit-il.

Comme on le lui avait appris, Marcus s'occupa d'abord du sénateur. Mécontent, l'homme au cou de taureau protesta d'une voix rauque :

– Et moi alors ?

– Si tu veux bien patienter, je vais m'occuper de toi, répondit Marcus.

L'adolescent était de plus en plus tendu, et ses mains tremblaient lorsqu'il donna sa toge au sénateur. Ce dernier la prit et s'habilla d'un air indifférent. Mais l'homme brun cherchait les histoires. Il bouscula Marcus :

– Quel empoté tu fais ! Appelle un autre morveux pour mes vêtements !

Vexé, Marcus protesta :

– Morveux ? Il n'y a pas de morveux ici !

– Ne fais pas le malin avec moi, minable, dit l'autre.

Brusquement, il se pencha sur Marcus, qui rentra instinctivement la tête dans les épaules. À quelques doigts de son visage, deux yeux noirs et rapprochés le fixaient sous des sourcils broussailleux. Mais le plus impressionnant était l'affreuse cicatrice en forme de croix qui barrait la joue gauche.

L'homme attrapa Marcus par le bras et le secoua violemment. Le garçon grimaça de douleur.

– Je ne sais pas ce qui me retient de te corriger ! rugit l'homme.

– Mais ma présence, tout simplement, mon cher Krux, intervint le sénateur. Lâche donc cet esclave et quittons ces lieux… agités. Décidément, les bains ne t'ont pas détendu.

L'homme brun libéra Marcus à contrecœur. Sous l'effet de la colère, son visage avait rougi, et sa cicatrice était devenue violacée.

Partagé entre la frayeur et l'indignation, Marcus partit chercher la tunique de Krux en frottant son bras endolori. « D'abord morveux et minable ! Et puis esclave ! marmonnait-il, humilié. Il ne faut plus jamais les laisser entrer, ces deux-là ! »

Soudain, un cliquetis résonna dans la salle vide. Marcus se retourna et vit Krux ramasser un poignard qui avait dû s'échapper de la serviette. Le sénateur eut un geste de colère vers son compagnon. Puis il fit un mouvement de tête en direction de l'adolescent. Répondant à cet ordre muet,

l'homme au cou de taureau bondit sur Marcus.
Ce dernier recula, mais son dos heurta le mur. Il tentait de glisser sur le côté lorsque Krux le saisit par le col et le plaqua contre la paroi. La tête du garçon cogna la pierre avec un bruit mat. Une douleur aiguë lui vrilla le crâne. Il poussa un cri.
– Je te conseille de la fermer si tu veux vivre un jour de plus ! gronda Krux entre ses dents.
Le cri s'éteignit aussitôt dans la gorge de Marcus. Les yeux noirs de son agresseur le fixaient avec un éclat sauvage.
À cet instant, des rires fusèrent dans le couloir.
« Des clients », pensa l'adolescent avec soulagement. Le sénateur les avait lui aussi entendus. Il s'approcha et posa sa main sur le bras de Krux.
– Viens ! dit-il calmement. Il est inutile de s'emporter. Je suis sûr que ce garçon ne parlera pas, ajouta-t-il en regardant Marcus d'un air menaçant.
Krux eut un sourire cruel. Il agita son poignard devant le visage du blondinet.
– Je sais où te trouver, minus ! Rappelle-toi le cadavre de tout à l'heure. La prochaine fois, ce sera peut-être le tien…
Marcus regardait l'arme, fasciné par les traces de sang sur la lame.
Krux ricana et le relâcha. Il lui arracha sa tunique des mains, s'habilla rapidement, puis les deux hommes sortirent des vestiaires, croisant un groupe de clients qui y entraient.
Livide, Marcus se laissa glisser le long du mur jus-

qu'à terre. Son cœur battait la chamade et ses joues étaient brûlantes. « C'est lui, le meurtrier ! Et il a bien failli m'égorger, moi aussi ! »
— Alors, nos vêtements ? Ça vient ? demanda quelqu'un avec impatience.
Marcus était terrorisé. Il se releva et sortit en courant sous l'œil éberlué des clients. Il n'avait qu'une idée en tête : s'éloigner le plus possible des thermes. Alors qu'il tournait à l'angle du couloir, il heurta violemment quelqu'un.
— Eh, là ! Où crois-tu aller comme ça, Marcus ?
L'homme lui attrapa fermement le bras. C'était Marcellus, son père, qui travaillait lui aussi aux thermes.
— Je… je rentrais à la maison, balbutia Marcus.
— Quoi ? s'écria Marcellus, indigné. La journée n'est pas finie ! Qu'est-ce que ça veut dire ?
Il secoua durement son fils et entreprit de le ramener vers les vestiaires.
— Écoute, papa, il faut que tu m'aides ! implora Marcus.
— À quitter ton poste ?
— Non, il s'agit d'un type…
Marcellus s'arrêta et relâcha Marcus.
— Que s'est-il encore passé ? demanda-t-il en soupirant.
Il était habitué aux insolences de son fils et aux ennuis qu'il s'attirait parfois avec certains clients. Marcus hésitait à parler. Il se rappelait les menaces de Krux.

– Je ne peux rien te dire ! Seulement que je ne peux pas rester ici ! finit-il par lâcher.
– Toi, tu t'es encore mis dans une sale histoire ! Eh bien, maintenant, il faut que tu assumes tes bêtises !
– Mais ce type m'a menacé de mort !
Marcus avait prononcé la phrase presque malgré lui, d'une voix tremblante. Marcellus le dévisagea, surpris. Il n'avait jamais vu son fils dans un état pareil.
– Bon, concéda-t-il au bout d'un moment. Tu m'expliqueras ça plus tard. En attendant, va dans mon vestiaire, je te remplace ici.
– Merci !
Soulagé, Marcus se dirigea vers l'endroit où travaillait son père, de l'autre côté des thermes. Le danger était écarté !
Enfin, pour le moment…

3

Marcus ne travaillait que le matin et, ce midi, il devait déjeuner avec ses amis dans le Transtévère, où il habitait. C'était un quartier populaire de Rome, sur la rive gauche du Tibre, coincé entre le fleuve et la colline du Janicule.

En chemin, Marcus ne cessait de repasser dans sa tête les événements de la matinée. Heureusement, il n'avait pas revu Krux. Mais son inquiétude persistait. Finalement, il conclut qu'il valait quand même mieux en parler au préfet Valerius. « J'irai tout à l'heure, après le repas », se dit-il.

Il arriva en vue d'un immeuble en pierre de trois étages. C'était là, au dernier étage, qu'il vivait, avec ses parents et son cousin Antonius, qui était orphelin.

Une taverne occupait le rez-de-chaussée de la maison. Quand Marcus entra, Menander, le patron, était occupé à servir ses nombreux clients. Sa cuisine était réputée, et l'on n'hésitait pas à traverser le Tibre pour venir goûter son bœuf braisé aux herbes. Il fit un clin d'œil à Marcus au passage.

Dans le fond de la salle, trois garçons de quatorze-quinze ans étaient assis par terre. Marcus sourit en reconnaissant la haute silhouette musclée de son cousin Antonius, qui lui cachait presque ses amis Akis et Titus. Malgré ses quinze ans, Antonius, un grand brun, avait l'air d'un homme. Titus était presque aussi grand que lui, mais il était très maigre. Quant à Akis, il était plutôt rond, avec un visage constellé de taches de rousseur.

Akis et Antonius travaillaient pour le père d'Akis, Bakyrès, qui était marchand de poisson. Titus, le fils du tavernier, aidait de temps en temps son père. En échange de quoi Menander lui payait des cours avec un professeur de littérature.

Séparés toute la matinée par leurs différentes activités, les quatre amis se débrouillaient toujours pour se retrouver à la mi-journée. Quand il faisait beau, ils se donnaient généralement rendez-vous sur le Marché aux bœufs. Mais quand arrivaient les froids de l'hiver, comme aujourd'hui, les garçons préféraient aller dans la taverne pour profiter un peu de la chaleur du four. Et surtout du délicieux fumet qui s'élevait des plats de terre cuite.

Antonius et Akis avaient rapporté du port un panier rempli de la pêche du jour.

– Attrape ! dit Antonius en jetant une seiche grise et gluante sur Marcus. Ça te tiendra compagnie aux thermes, ajouta-t-il en éclatant de rire.

Marcus rattrapa le mollusque de justesse. Les tentacules glacés s'enroulèrent autour de son avant-bras, et ce contact visqueux fut des plus désagréables. Il rejeta la seiche dans le coin de la pièce, écœuré. Titus rit à son tour de la mauvaise blague d'Antonius.

— Arrête, dit Akis, il va avoir de l'encre partout !
— De l'encre ? demanda Marcus.
— Bien sûr ! Quand la seiche est en danger, elle lâche un nuage d'encre pour dérouter ses agresseurs, expliqua Antonius, toujours hilare.
— Ah bon ? s'étonna Marcus en ouvrant de grands yeux.
— Oui, de l'encre indélébile, renchérit Titus. C'est avec ça qu'écrivent tous les philosophes et les poètes d'Orient !

Antonius se rassit.

— Eh bien, tu en fais une tête ! s'exclama-t-il. C'était juste pour rire ! ajouta-t-il en haussant les épaules.

Sans répondre, Marcus s'installa à côté de son cousin, en face d'Akis et de Titus, dos au mur. À ce moment, Menander arriva avec des assiettes de terre cuite toutes fumantes.

— Mangez tant que c'est chaud, dit-il.

Tous étaient affamés, et ils se jetèrent sur la nourriture. Seul Marcus chipotait, remuant les morceaux dans son assiette avec un air absent.

Titus releva la tête et, sans cesser de manger, se mit à parler avec excitation :

— C'est l'ouverture des fêtes de Saturne ! Il va y

avoir un défilé sur le forum, tout à l'heure.
— On va voir des danseuses ! s'exclama Antonius.
« Oh non ! pensa Marcus. J'avais oublié ça ! Valerius sera certainement avec les officiels. Je ne pourrai pas aller lui parler de Krux ! »
— Oui, mais il faudra faire attention après, grogna Akis. Ces fêtes, ça tourne souvent à la bagarre…
— Et alors, tu as peur ? lui lança Antonius d'un ton moqueur.
— Parle pour toi, rétorqua Akis en brandissant son poing.
— Arrêtez, intervint Titus, agacé par ces chamailleries. On y va quand, au forum ?
— Les autres, je ne sais pas, mais toi, tu n'iras nulle part ! dit à cet instant la voix de Menander.

4

Surpris, les garçons levèrent la tête vers le père de Titus.
Sans leur accorder un regard, ce dernier alla jusqu'au pied d'une échelle en bois qui conduisait à son appartement, à l'étage supérieur.
– Julia! Julia! appela-t-il d'une voix forte.
La tête de sa femme apparut dans l'ouverture :
– Que se passe-t-il?
– Descends! Tu vas devoir me remplacer cet après-midi, expliqua son mari.
Puis il se retourna vers les adolescents.
– Termine ton repas, Titus, dit-il à son fils. On s'en va!
Titus était tellement stupéfait qu'il fut incapable de répondre quoi que ce soit. Julia descendit et s'approcha de son mari. Les quatre amis affichaient une mine déconfite. Tout leur enthousiasme avait disparu.

– Mais que se passe-t-il ? demanda encore une fois Julia.
Menander attrapa un manteau et le passa sur sa tunique de travail grise.
– Une bonne nouvelle ! Tout juste apportée par cet esclave, répondit-il à sa femme en montrant un homme qui patientait près du comptoir.
Écœuré, Titus haussa les épaules. De quelle bonne nouvelle pouvait-il s'agir si on le privait des fêtes ? Ses trois amis, étonnés, attendaient de plus amples explications.
– Un des cuisiniers de Tullius Gracchus est tombé malade. Il faut le remplacer, et son intendant a pensé à moi. C'est pour le grand banquet qu'il donne ce soir !
– Tu parles d'une bonne nouvelle ! grommela Titus.
– Tullius Gracchus ? demanda Julia, à qui le nom ne disait rien.
– C'est l'édile, s'exclama Akis. Celui qui s'occupe des jeux cette année !
– Et qui offre les fêtes ! compléta Antonius.
– Cet après-midi, je t'emmène avec moi, dit Menander à Titus. J'ai besoin d'un assistant, et on ne peut pas refuser l'honneur qui nous est fait.
– Mais je vais rater les fêtes ! gémit son fils d'une voix misérable.
– Au contraire, tu seras aux premières loges, répliqua le tavernier en souriant.
Titus voulut protester encore, mais Menander se

fit soudain sévère :
— Ne discute pas. Je te rappelle notre accord.
Le garçon baissa le front, dépité. Lui, d'habitude si râleur, se leva, résigné comme un condamné aux galères. S'il n'obéissait pas, Menander ne lui paierait plus les cours de littérature, auxquels seuls les riches Romains pouvaient d'ordinaire accéder.
Tandis que Julia passait derrière le comptoir pour s'occuper des clients, Menander et son fils sortirent de la taverne derrière l'esclave de Gracchus. Titus portait un grand panier avec toutes les épices qui étaient le secret du talent de son père.
Antonius, Marcus et Akis les avaient suivis jusqu'à la porte de la taverne. Titus se retourna une dernière fois vers eux. Il avait des yeux de chien triste. Ses joues paraissaient encore plus creuses que d'habitude.
— Bon, à ce soir ! dit-il d'une voix morne. Vous viendrez me chercher ? Je finirai vers la dixième heure.
— On sera là, promis, répondirent les trois autres.
Menander et son fils disparurent rapidement au bout de la rue, précédés par l'esclave.
Les garçons restèrent pour aider Julia à servir les derniers clients. Puis ils montèrent à l'appartement de Marcus. Les fêtes ne commençaient qu'en fin d'après-midi, et ils avaient le temps de faire une sieste. Après tout, ils s'étaient levés à l'aube, et la nuit promettait d'être longue. Akis et Antonius s'endormirent aussitôt. Mais Marcus, perturbé par

les menaces de Krux, n'arrivait pas à trouver le sommeil. Dès qu'il fermait les yeux, il revoyait le poignard taché de sang.

Aussi, lorsque ses amis se réveillèrent, se décida-t-il à leur parler. Peut-être pourraient-ils l'aider.

— Il m'est arrivé une sale histoire ce matin ! dit-il en essayant de prendre une voix détachée. On a tué un type, aux thermes.

— Quoi ? Ah ben, ça alors ! Je n'irai plus me baigner ! répondit Antonius.

Marcus comprit que son cousin se moquait de lui.

— Mais c'est vrai ! Et Valerius était là ! insista-t-il, furieux.

— Bon, alors raconte, dit Akis en bâillant.

Marcus leur résuma l'histoire, mais ses amis n'eurent pas l'air d'y attacher beaucoup d'importance.

— Et je crois bien que j'ai aussi vu l'assassin ! lâcha-t-il, vexé. Il avait une vilaine cicatrice sur la joue, en forme de croix. Là ! ajouta-t-il en touchant sa joue avec son index.

Antonius et Akis se regardèrent, incrédules.

— Qui c'était ? demanda Akis.

— Pas quelqu'un d'ici, d'après ses vêtements… Il s'appelle Krux. Et il m'a menacé de mort !

Les deux autres semblaient surpris mais pas vraiment inquiets.

— Tu en es sûr ? dit Akis.

— Il a dit qu'il me ferait la peau si je parlais, continua Marcus.

— Rien que ça ! marmonna Antonius.

— Qu'est-ce que je fais, moi, maintenant ? reprit Marcus.
— Bah, arrête d'y penser ! répondit son cousin avec impatience. Tu as dû tomber sur un excité venu pour les fêtes. Tu ne le reverras jamais !
Marcus était troublé et déçu par la réaction de ses amis. Visiblement, cela ne les affolait pas qu'on l'ait, lui, menacé de mort ! Il allait parler du sénateur quand Antonius demanda d'une voix enjouée :
— Alors, on va le voir, ce défilé ?

5

Les fêtes de Saturne, dieu des semailles et des graines, avaient lieu tous les ans en hiver. La tradition voulait que maîtres et esclaves échangent leur place dans la société pendant quelques jours, et c'était l'occasion de réjouissances à n'en plus finir. Mais, pour l'instant, on n'en était encore qu'à l'ouverture des fêtes, avec le sacrifice au dieu.

Quand les trois amis arrivèrent sur le forum, la place principale de Rome, une foule impressionnante y était déjà rassemblée. Le défilé avait commencé et des chars traversaient la cohue sous les acclamations.

Les garçons essayèrent de s'approcher. Mais il était difficile de se frayer un passage dans la masse compacte des badauds. Antonius, plus grand que les autres, aperçut un premier char tiré par quatre chevaux blancs. C'était celui de l'empereur Auguste. Au fur et à mesure qu'il avançait, les spectateurs scandaient son nom.

– Auguste ! Auguste ! Vive Auguste !
– Où est-il ? Je ne le vois pas ! cria Akis.

Il sautillait sur place pour essayer d'apercevoir quelque chose au-dessus des têtes. En vain. Le char ne passa pas très loin des garçons, mais la foule était trop dense pour qu'ils voient l'empereur.

Marcus, le plus frêle des trois, réussit quand même à se rapprocher. Il vit le char d'Auguste s'éloigner, immédiatement suivi par un cortège de danseuses, toutes plus belles les unes que les autres. Des musiciens accompagnaient leur danse du son de flûtes et de tambourins. Mais il fallait tout le métier des danseuses pour garder le rythme dans le brouhaha infernal qui régnait sur la place.

Antonius joua des épaules et rejoignit Marcus, suivi par Akis.

– C'est toujours un événement, ces danseuses venues d'Orient, dit Akis, moqueur.
– Auguste doit être jaloux de leur succès ! répondit Antonius en riant.

De gros chars à quatre roues tirés par des bœufs passèrent ensuite. Des esclaves lançaient sur les spectateurs des fleurs blanches et des grains de blé.

Le cortège traversa lentement le forum et finit par arriver au nord de la place, où se trouvait le temple du dieu Saturne.

Les garçons purent enfin voir Auguste. L'empereur était monté sur le podium du temple.

Devant un petit autel de pierre sur lequel brûlait un brasero, deux esclaves surveillaient le bœuf destiné au sacrifice. Plusieurs prêtres, vêtus de leurs toges blanches et la tête couronnée de lauriers, se tenaient en retrait sur le côté.
L'empereur s'avança au bord de l'estrade et regarda la foule. Il leva le bras pour faire cesser les acclamations.
– Citoyens de Rome ! annonça-t-il d'une voix forte. Aujourd'hui est le premier jour des fêtes en l'honneur de Saturne ! Cette année, elles sont offertes par mon ami Tullius Gracchus !
Un homme sortit du groupe de prêtres et s'avança vers Auguste. Les acclamations redoublèrent.
– Tiens, ce doit être l'édile Gracchus, remarqua Marcus.
– Et pendant qu'il assiste aux festivités, Titus travaille chez lui ! ajouta Akis.
Les trois garçons étaient loin de l'estrade. Ils ne pouvaient pas distinguer le visage de l'homme.
– En tout cas, il ne se prend pas pour n'importe qui ! lança Antonius. Regardez-moi cette démarche !
Akis éclata de rire, imité par les plus proches badauds qui avaient entendu la remarque d'Antonius. En effet, Gracchus faisait le tour du podium en saluant la foule. Il marchait le menton levé, d'un pas exagérément lent.
– On croirait que c'est lui l'empereur ! s'esclaffa Akis.

Mais le moment du sacrifice était venu. La foule se tut. Dans un silence impressionnant, les prêtres se regroupèrent devant l'autel et l'un d'eux versa de l'encens et du vin sur les flammes du brasero. Puis il prononça les formules rituelles. Un autre prêtre prit une coupe et vint saupoudrer de farine le dos du bœuf. Il fit ensuite couler du vin sur le front de l'animal. Le bœuf remua un peu, mais les deux esclaves le tenaient fermement avec des cordes attachées à l'anneau d'or passé dans ses naseaux.

Le prêtre fit glisser la lame du couteau le long de l'échine, puis il égorgea l'animal d'un geste rapide et sûr. Maintenant, c'était l'heure du repas offert aux dieux : on avait installé leurs statues à l'intérieur du temple, sur des lits, pour montrer qu'ils participaient effectivement au repas.

Antonius, lui, ne suivait plus ce qui se passait devant le temple depuis déjà un moment. Il regardait, fasciné, une des danseuses du cortège, qui se tenait sur le côté de la place en attendant de poursuivre les danses. Elle avait de longs cheveux bruns et un regard vert émeraude. Antonius lui adressait force sourires et clins d'œil. De son côté, la danseuse minaudait, flattée de l'intérêt que lui portait ce bel adolescent.

Quant à Marcus, il ne prêtait attention à rien, toujours aussi angoissé par les menaces de Krux. La foule, les cris, toute cette agitation ! Il en eut brusquement assez et tourna les talons. Akis le vit partir.

— Marcus ! Attends-moi ! cria-t-il en lui emboîtant le pas.

Les deux garçons traversèrent le forum jusqu'aux arcades, situées à l'opposé du temple de Saturne. C'est là que les changeurs et les bijoutiers tenaient boutique.

Un montreur d'ours tentait d'attirer les passants en faisant marcher son animal sur les pattes arrière. Marcus ne le vit pas. D'ailleurs, il n'avait même pas remarqué Akis qui marchait à côté de lui.

Ce dernier, agacé, l'attrapa par le bras et le secoua :
— Hé ! Où vas-tu comme ça ?
Marcus sembla sortir de sa rêverie :
— Quoi ? Oh, j'en ai assez ! On ne voit rien, je rentre !
— Mais qu'est-ce qui te tracasse comme ça ?
— C'est l'histoire de ce matin… Je n'arrive pas à l'oublier, avoua Marcus.

À ce moment, Antonius les rejoignit, un sourire béat aux lèvres, les yeux pleins de l'image de sa belle danseuse.
— Eh bien, vous voulez déjà rentrer ? demanda-t-il.
— C'est Marcus, il est inquiet à cause de ce meurtre…, répondit Akis.

Antonius prit son cousin par l'épaule :
— Allez, oublie cette histoire ! On est là pour s'amuser ! Viens !

Et il entraîna Marcus vers le montreur d'ours et les autres attractions sur la place. Mêlés à la foule, ils déambulèrent entre les jongleurs et les montreurs de serpents et regardèrent les étalages des boutiquiers. Peu à peu, Marcus réussit à oublier ses soucis.

Le soir tombait quand Antonius dit soudain d'une voix joyeuse :

– J'ai faim ! Allons à Subure !

– Subure ? Ce soir ? Mais tu es fou ! C'est bien trop dangereux ! s'écrièrent Marcus et Akis d'une même voix.

6

– Vous n'êtes que des trouillards ! lança Antonius.
Sans les attendre, il prit la direction du quartier le plus malfamé de Rome, où l'on était toujours sûr de trouver une taverne ouverte.
Le ciel commençait à prendre les teintes bleutées du crépuscule. Un croissant de lune s'élevait déjà au-dessus du Quirinal et de l'Esquilin, les deux collines entourant Subure.
Soudain, de grandes flammes s'élevèrent, accompagnées d'une puissante clameur. Des bûchers avaient été disposés par endroits, sur le forum. La nuit tombant, on venait de les allumer. Les festivités allaient se poursuivre très tard, à la lueur de ces feux. Dans les rues principales de la ville, des torches avaient été accrochées aux façades des maisons. Cet éclairage nocturne était exceptionnel. D'habitude, la nuit, Rome était plongée dans les ténèbres.

Marcus et Akis se regardèrent, puis rejoignirent rapidement Antonius. Après tout, ce soir était soir de fête. Il y aurait plein de gens dans les rues éclairées, et ils ne risquaient pas grand-chose.

Les trois garçons gagnèrent bientôt l'Argilète, l'artère principale de Subure. La rue sinueuse qui grimpait était noire de monde. Tout Rome s'y était donné rendez-vous pour les fêtes de Saturne.

Antonius marchait d'un bon pas, très sûr de lui. Akis et Marcus suivaient, moins rassurés. Le garçon s'arrêta soudain devant une taverne à l'aspect miteux.

– Mais qu'est-ce que tu veux faire par ici, Antonius ? demanda Marcus.

– Juste manger un morceau et profiter du spectacle…

– D'accord ! On mange un morceau et on boit un verre. Et c'est tout ! dit Akis en regardant la façade avec suspicion.

– Entendu, répondit Antonius en entrant.

L'endroit était sombre, enfumé et sale. Des voix avinées riaient et chantaient. Les trois amis commandèrent des brochettes de porc et burent un peu de vin chaud parfumé à la cannelle.

Au moment où Akis sortait sa bourse de cuir pour payer le repas, une main lourde s'abattit sur son épaule.

– Dis-moi, petit ! Tu ne jouerais pas aux dés avec moi ?

Akis se retourna et reçut une haleine chaude et

malodorante en plein visage. L'homme qui lui faisait face portait des vêtements repoussants de crasse. Son ventre était énorme, son sourire découvrait une rangée de dents noires. L'un de ses yeux était tout blanc, sans vie.

— Je ne crois pas…, articula Akis avec peine.
— Tu as bien deux ou trois sesterces à jouer ?
— Il est interdit de jouer de l'argent.

L'homme éclata d'un rire gras, aspergeant Akis de postillons :

— Mais pas ce soir, mon mignon ! Ce soir, tout est permis !

Le borgne attrapa brutalement Akis par le cou et se mit à le fouiller.

— Allez, sors-moi tes sesterces, petit !
— Laisse-moi ! cria l'adolescent.
— Tu vas le lâcher, N'a-qu'un-œil, ou je t'écrase la tête !

L'homme grogna et se retourna. Antonius s'était levé, les poings serrés. Le borgne se désintéressa d'Akis et fit un pas vers le garçon, qui lui décocha aussitôt un bon coup de poing. Touché à la pointe du menton, le borgne tomba lourdement à la renverse, brisant dans sa chute un tabouret. Les clients de la taverne applaudirent.

— Allez, à la prochaine ! cria Akis pour essayer d'oublier sa peur.

Les trois garçons sortirent de la taverne en riant et reprirent la direction du forum au milieu des badauds qui déambulaient dans l'Argilète.

Ils étaient presque arrivés sur la place quand un mouvement agita la foule. Les gens faisaient brusquement demi-tour et se bousculaient en poussant des cris d'effroi. Les adolescents furent bientôt pris dans une véritable marée humaine, sans pouvoir se dégager. Les hurlements retentissaient autour d'eux, des promeneurs tombaient, aussitôt piétinés par les autres, des bagarres éclataient.
– Mais arrêtez ! criait Antonius en essayant vainement de résister à la pression de la foule.
Marcus, qui regardait vers le forum, comprit soudain la raison de cette panique.
– Il se passe quelque chose sur la place, dit-il à ses amis.
– Mais quoi ? demanda Akis.
– Regarde, là-bas ! cria Marcus en tendant le doigt vers le forum.
À ce moment, un homme passa devant eux en titubant. Sa main était plaquée sur son front et du sang coulait entre ses doigts.
– Les vigiles ! Que quelqu'un appelle les vigiles !

Suivant des yeux la direction montrée par Marcus, Antonius et Akis virent un groupe d'hommes en train de saccager les boutiques des bijoutiers, là où eux-mêmes s'étaient promenés un peu plus tôt.
Des badauds regardaient les pilleurs sans oser intervenir, mais la plupart des gens essayaient de quitter la place. Ceux qui remontaient vers Subure avaient provoqué la cohue dans laquelle les garçons étaient toujours coincés.
— Ne restons pas là ! finit par crier Antonius à ses amis. Cette histoire va mal tourner.
— Mais où sont donc les vigiles ? gémit un homme à côté d'eux.
— Ils ne sont jamais là quand on a besoin d'eux ! se plaignit un passant d'une voix stridente.
Comme pour faire mentir ce dernier, une patrouille surgit sur le forum et fondit sans ménagement sur les voleurs. À la lueur des grands feux, le spectacle était impressionnant. Les ombres

déformées des pillards et des vigiles s'agitaient en un sinistre ballet sur les façades des boutiques.
Les voleurs furent rapidement arrêtés. Seule une poignée d'entre eux parvinrent à s'enfuir. Les vigiles s'éloignèrent, poussant leurs prisonniers devant eux à la pointe de leur glaive.
– Je vous préviens ! Au moindre écart, je vous abats comme des chiens ! hurla l'officier d'une voix forte et claire.
Cet avertissement eut l'effet d'une douche froide sur la foule. L'ambiance de fête disparut aussitôt. Tout le monde commença à se disperser, tandis que les vigiles quittaient le forum.
– Je crois qu'il est temps de rentrer, dit Marcus, déçu.
Akis et Antonius acquiescèrent d'un mouvement de tête. Tous les trois avaient été choqués par la brutalité des vigiles.
– Tu parles d'une fête…, murmura Akis avec amertume.
Sans plus tarder, ils quittèrent le forum et prirent la direction du Tibre. Ils devaient traverser le fleuve pour regagner le Transtévère. Mais là aussi les rues étaient pleines de gens. On n'avançait pas.
– Prenons un autre chemin, suggéra Marcus, qui en avait assez de piétiner sur place.
Il entraîna ses amis dans un réseau de petites rues, moins fréquentées que les principales, et ils parvinrent ainsi rapidement sur la place du Marché aux bœufs. Là, ils empruntèrent une autre ruelle.

Ils longèrent le vaste bâtiment de l'Annone, l'administration chargée du ravitaillement de Rome et du service des Postes. C'était aussi l'endroit où l'on gardait le trésor de la Ville.

Les garçons progressaient lentement. Ici, il n'y avait pas de torches accrochées aux murs pour les éclairer, ni les grands feux du forum !

Soudain, Antonius pila et ses deux amis lui rentrèrent dedans. Akis allait protester quand son ami lui fit signe de se taire.

– Chut ! Il se passe quelque chose, là devant…

Tous trois restèrent immobiles un long moment. Ils distinguèrent des frottements sourds, presque imperceptibles. Puis des chuchotements. Ils se rapprochèrent prudemment.

– Je n'aime pas ça…, souffla Akis, guère rassuré.

Antonius s'arrêta de nouveau. Des ombres furtives s'activaient devant eux. Certaines d'entre elles portaient des sacs, visiblement très lourds. Une dernière silhouette sortit d'un bâtiment.

– C'est pas croyable ! chuchota Antonius. On dirait qu'ils cambriolent l'Annone !

– Quoi ? s'écria Akis.

Au même moment, un des hommes se retourna et fit signe aux autres de s'arrêter.

– Chut ! lança Antonius, furieux. Ils vont nous repérer !

Les voleurs étaient totalement immobiles. Marcus les compta rapidement : ils étaient au moins une dizaine.

Soudain, une voix impatiente et autoritaire retentit dans le silence de la ruelle.
– Il y a quelqu'un ici ! dit un homme. Vous, emportez les sacs à l'endroit prévu ! On se retrouve là-bas ! Vous quatre, avec moi !
Marcus s'était figé en reconnaissant cette voix déplaisante. C'était celle de l'homme qu'il n'arrivait pas à chasser de son esprit depuis le matin. Pétrifié, il murmura :
– Krux…
– Filons ! chuchota Antonius de son côté.
Les trois garçons déguerpirent aussitôt tandis que Krux et ses complices se lançaient à leur poursuite. Les adolescents couraient aussi vite que possible. Terrifié, Marcus avait dépassé Antonius et Akis. Derrière eux, ils pouvaient entendre Krux encourager ses hommes :
– Rattrapez-les ! Et pas de pitié ! Je ne veux pas de témoins !
Antonius jeta un rapide coup d'œil par-dessus son épaule et vit briller des lames de poignards.
– Plus vite ! cria-t-il. Retournons vers le forum !
Antonius espérait que la foule les protégerait des tueurs.
– Je n'y arriverai pas ! haleta Akis, désespéré.
Plus corpulent que ses amis, il avait toujours du mal à courir. De plus, la peur qui lui sciait les jambes n'arrangeait rien !
– Cours, Akis ! s'impatienta Antonius. Tu n'as pas le choix !

Quittant les rues désertes, les garçons plongèrent de nouveau dans la cohue de l'artère qui menait au forum. Ils se mirent à zigzaguer tant bien que mal entre les badauds.

Malheureusement, leurs poursuivants ne semblaient pas vouloir les lâcher. Sans faire de détail, ils foncèrent en bousculant brutalement les promeneurs. Sur leur passage, des cris de mécontentement éclatèrent.

— Vers Subure ! cria alors Antonius.

Après avoir traversé le forum en diagonale, les trois amis s'engouffrèrent dans l'Argilète. Les hommes de Krux s'étaient rapprochés.

— On les a presque ! Plus vite ! ordonna leur chef.

Ce cri et cette voix glacèrent le sang de Marcus. Il se retourna et vit que Krux avait encore gagné du terrain.

— Antonius ! J'en peux plus ! gémit Akis.

À cet instant, il trébucha et percuta un passant de plein fouet. Tous deux roulèrent à terre. Le premier des voleurs se jeta sur Akis avant qu'il ait eu le temps de se relever.

— Tu vas mourir, sale fouineur ! beugla-t-il.

Aussitôt, le passant renversé par Akis détala sans demander son reste. L'agresseur de l'adolescent était chauve et portait une épaisse barbe rousse. Il leva son poignard...

Au moment où la lame fendait l'air pour s'abattre sur la gorge d'Akis, Antonius se précipita et décocha un coup de pied dans la nuque de

l'homme, qui s'effondra, assommé.
Marcus aida Akis à se relever et les trois garçons repartirent en courant. Mais ils avaient perdu beaucoup de temps…
Les autres poursuivants n'étaient plus qu'à quelques enjambées d'eux. Cette fois, les garçons n'échapperaient pas à Krux !

8

C'est alors que Marcus aperçut une patrouille de vigiles qui, par chance, descendait l'Argilète à leur rencontre. Il se mit aussitôt à crier :
— Vigiles ! Par ici ! Au secours !
Leurs poursuivants s'arrêtèrent net. Sur un geste de Krux, ils se dispersèrent comme par enchantement.
L'officier des vigiles traversa la foule en direction des garçons. Il dominait tout le monde d'une bonne tête, et ses bras, nus malgré le froid, étaient épais comme des bûches. C'était Julius Proprianus. Les garçons l'avaient souvent côtoyé au cours de précédentes aventures. Il était pour eux comme un ami.
Marcus courut vers lui :
— Proprianus ! Aide-nous !
Le chef des vigiles reconnut aussitôt les trois garçons, mais il n'avait pas l'air particulièrement content de les voir.

– Nous sommes poursuivis ! s'écria Akis.
– Vous savez, ce n'est vraiment pas le moment, marmonna l'officier, qui semblait préoccupé et épuisé.
L'agitation populaire prenait de l'ampleur et les services de police étaient débordés.
– Écoutez ! reprit Proprianus. Cette nuit, c'est un véritable cauchemar ! On dirait que les gens se sont mis d'accord pour devenir fous tous en même temps ! Je n'ai pas le temps de vous parler.
– Mais j'ai reçu des menaces de mort ! insista Marcus.
– Quoi ? gronda Proprianus.
– On a surpris des voleurs derrière la préfecture de l'Annone, enchaîna Antonius. Ils nous ont couru après, jusqu'à ce qu'on tombe sur ta patrouille !
– Mais là, ils se sont évanouis dans la nature, constata Akis.
Proprianus réfléchit pendant quelques instants. Il avait confiance dans les garçons et savait qu'ils ne lui racontaient pas d'histoires.
– On ne disparaît pas comme ça avec un butin pareil, finit-il par dire. Rentrez chez vous et revenez me voir demain soir. Vous ne devriez pas traîner par ici, de toute façon.
Son ton était sans réplique. Il fit signe à ses hommes :
– Des volontaires pour prévenir les gardes aux portes de la ville. Les autres, avec moi, on va voir à l'Annone.

Marcus soupira en les regardant partir. Il scruta la foule qui passait devant lui, craignant que Krux ne soit resté dans les parages. Mais, apparemment, la présence de Proprianus l'avait fait fuir avec ses hommes. La rue était toujours aussi animée. Les gens chahutaient, riaient, plaisantaient dans les tavernes bordant l'Argilète, indifférents au danger que couraient les garçons.

Akis et Antonius s'assirent sur le pas d'une porte, un peu hébétés par les événements de la soirée. En silence, ils s'absorbèrent dans le spectacle de la rue.

Marcus était abattu.

– Le chef des cambrioleurs de tout à l'heure, dit-il, c'était Krux, le type que j'ai vu ce matin aux thermes.

– Celui qui t'a menacé ? demanda Akis. Tu en es sûr ?

– Oui, j'ai reconnu sa voix, répondit Marcus. Et puis, j'en ai assez que vous preniez ça à la rigolade, ajouta-t-il, presque en colère.

– Du calme, dit Antonius d'une voix ferme. On ne se moque pas de toi. On est surpris, c'est tout. Bon, ce Krux doit être loin maintenant. Il a autre chose à faire que s'occuper de nous, surtout s'il a cambriolé l'Annone. À l'heure qu'il est, il est sûrement en train de mettre son magot à l'abri.

Marcus ne répondit pas, à moitié convaincu. Tout ce qu'il souhaitait, c'était de ne pas se retrouver à nouveau nez à nez avec Krux aux thermes.

– Qu'est-ce qu'on fait ? demanda Akis juste avant de pousser un énorme bâillement. On rentre ?

– On reparlera de tout ça demain avec Proprianus, dit Antonius à son cousin. En attendant, tu es avec nous, et tu ne risques rien.

À cet instant, Akis lâcha un cri qui les fit sursauter :

– Titus !

– Eh bien quoi, Titus ? demanda Antonius d'un ton rogue.

– On a oublié d'aller le chercher à son travail !

Les trois garçons partirent aussitôt en courant vers la colline de l'Aventin. C'était l'un des quartiers résidentiels de Rome, et la maison de Gracchus faisait partie des plus luxueuses demeures qui s'y trouvaient.

Quand ils y parvinrent enfin, ils étaient très essoufflés. Devant la grande maison, la rue était déserte.

– Trop tard, il ne nous a pas attendus ! Ça va encore faire un drame ! soupira Akis.

– Attends, il n'est peut-être pas encore sorti. Allons voir, proposa Antonius en s'avançant.

– Tu es fou ! protesta Akis. On ne va pas se présenter chez un sénateur à cette heure !

Mais Antonius frappa d'un air décidé à la porte.

– Qu'est-ce que c'est ? tonna une voix grave.

– On vient chercher Titus ! répondit Antonius.

La porte s'ouvrit sur un géant tout en muscles. Antonius fit instinctivement un pas en arrière. Des voix et de la musique s'échappaient de l'intérieur de la maison.

— Alors, comme ça, vous voulez voir Titus ? dit le gardien.

Pétrifiés par cette apparition, les adolescents restèrent muets.

L'homme portait des bracelets cloutés autour des poignets. Une ceinture de cuir passée autour d'abdominaux impressionnants soutenait un glaive. La lame acérée brillait dans la lumière des torches.

Il se pencha vers Antonius :

— Alors, petit, tu as perdu ta langue ?

Avec sa grande taille, Antonius n'avait pas l'habitude d'être appelé « petit ». Piqué au vif, il fit un pas en avant et répondit crânement :

— Ne me parle pas sur ce ton, on vient juste chercher Titus.

— Groumpf ! grogna le géant en guise de réponse.

Antonius s'attendait au pire. Mais le portier se retourna vers la maison et hurla :

— Titus, tes amis sont arrivés !

Le fils de Menander apparut presque aussitôt. La porte se referma derrière lui avec un bruit fracassant.

— C'est pas trop tôt ! Ce banquet a été épuisant. Aïe ! Mon dos ! J'en peux plus…, se plaignit-il. Mais ça valait le coup ! Les danseuses étaient tellement belles… Je n'arriverais même pas à vous les décrire !

— Je vois, je vois ! Tu ne t'es pas contenté d'aider ton père à la cuisine, on dirait, se moqua Antonius.

— Jaloux ! répliqua Titus. C'est facile de critiquer

quand on a passé sa soirée à profiter de la fête !
Marcus, Akis et Antonius échangèrent un regard.
– C'est le mot..., répondit Marcus d'un ton accablé.
Un flocon de neige tomba sur sa nuque. Il frissonna.
– Ça alors, il neige ! remarqua Akis.
– Rentrons, dit Antonius en se mettant en route. Il allongea le pas : dépêchons-nous ! Je ne tiens pas à mourir de froid !

9

Le lendemain matin, lorsque Antonius quitta avec regret la chaleur de sa couverture, Marcus était déjà parti travailler aux thermes.
Akis arriva peu après. Antonius enfila son manteau. Il prit une grosse poignée de noix dans un panier posé sur la table et en lança deux à son ami.
– On y va ! dit-il.
Les garçons dévalèrent les escaliers. Dehors, un froid piquant les saisit. Une faible couche de neige recouvrait la rue.
– On fait la course jusqu'au Tibre ? proposa Antonius. Pour se réchauffer…
– Tu n'as pas assez couru hier soir ? demanda Akis d'une voix morne.
Antonius fit la grimace au souvenir des événements de la veille. Les deux amis prirent la direction du port de Rome, l'Emporium, où se trouvait l'entrepôt du père d'Akis. Antonius croquait des noix pensivement, et Akis se taisait.

Alors qu'ils approchaient du Tibre, Akis remarqua soudain un attroupement sur la rive opposée, près du pont qui enjambait le fleuve à hauteur du port.
— Tiens, c'est bizarre, dit-il, il y a plein de monde à l'Emporium.
— Normal, c'est l'heure d'arrivée des bateaux, répondit Antonius, essayant de casser une noix qui refusait de s'ouvrir.
— Mais non, pas sur les quais. Tout près du pont Æmilius ! répliqua Akis. Regarde comme ils s'agitent ! Allons voir !
Les garçons traversèrent le Tibre et rejoignirent bientôt un cercle de badauds qui discutaient avec animation sur la rive.
— Quelle horreur ! s'exclamait quelqu'un.
— Mais combien sont-ils donc ? demandait un autre.
— Au moins une vingtaine ! avança un troisième.
— N'importe quoi, ils sont à peine dix !
Tous les regards étaient dirigés vers les eaux noires. Autour du premier pilier, dans l'ombre du pont, une dizaine de corps flottaient à la surface du fleuve. Ils étaient pris dans la mince pellicule de glace qui s'était formée le long de la berge pendant la nuit.
— Il faut les sortir de là, suggéra un pêcheur de petite taille, vêtu d'un tablier de cuir taché de sang et d'écailles.
— T'en as de bonnes, Blossius ! répliqua son voisin. Et comment comptes-tu t'y prendre ?
— Ce n'est pas compliqué ! Avec un bateau ! reprit

le petit pêcheur sans se démonter.

À cet instant surgit une patrouille de vigiles attirée par ce rassemblement. En voyant les noyés, l'officier ordonna immédiatement aux pêcheurs de mettre une barque à l'eau :

– Dépêchez-vous ! On ne peut pas laisser ces cadavres flotter plus longtemps !

Aussitôt, Blossius se proposa. D'autres pêcheurs vinrent lui prêter main-forte, et deux vigiles se joignirent à eux. Armés de perches et de harpons, ils repêchèrent les corps.

Antonius et Akis suivaient la scène avec horreur et fascination. Décidément, cette année, les fêtes de Saturne s'étaient déroulées sous une lune maléfique…

En plusieurs allers et retours, les sauveteurs rassemblèrent les cadavres sur la berge. Ils les allongèrent côte à côte. Les curieux étaient de plus en plus nombreux, et les vigiles les tenaient à distance. Chacun y allait de son commentaire. L'officier dut hausser le ton pour obtenir un peu de calme. Il interrogea les pêcheurs.

– Qui a découvert les corps ?

– Moi, officier, répondit Blossius. C'était peu après le lever du jour…, expliqua-t-il en bombant le torse, tout fier d'être le témoin principal.

Le vigile fronça les sourcils.

– À mon avis, les corps ont passé la nuit dans l'eau…, dit-il, songeur. Qu'en penses-tu ?

– Je suis d'accord, sinon la glace n'aurait pas eu

le temps de prendre autour d'eux..., répondit Blossius.

L'officier hocha la tête en considérant les corps alignés sur la berge. Antonius et Akis, qui s'étaient glissés au premier rang, l'entendirent réfléchir à mi-voix :

– Hum... Vêtements grossièrement taillés, cheveux rasés : ce sont sûrement des esclaves. Vêtus de tuniques et pas de manteaux. Étonnant, avec ce froid... Comment se sont-ils retrouvés ici ? C'est à n'y rien comprendre !

– À moins qu'ils ne se soient pas noyés, laissa échapper Akis.

Le chef des vigiles lui jeta un coup d'œil perçant.

– Qu'est-ce que tu viens de dire, toi ? demanda-t-il d'un ton rogue.

– Eh bien, je ne sais pas trop, mais... peut-être ne sont-ils pas morts noyés, répéta timidement Akis.

L'officier hocha la tête et se pencha au-dessus des cadavres.

– Cherchez des traces de coups ! ordonna-t-il à ses hommes. Ou des blessures.

Les vigiles examinèrent les corps de plus près avec une certaine répugnance.

– Rien ! Pas un coup de couteau. Aucune blessure... ni même une marque d'étranglement. C'est à n'y rien comprendre, répéta l'officier.

Soudain, il s'accroupit et ouvrit la bouche d'un des morts. Il sursauta.

– Ça alors ! s'exclama-t-il entre ses dents.

Il passa au cadavre suivant, puis au troisième. Il inspecta ainsi les bouches de tous les noyés. Tous avaient la langue noire ! Les victimes auraient-elles été empoisonnées ?
L'officier se releva sous les yeux attentifs de la foule. Il devait faire son rapport au préfet Valerius. Mais pourquoi avait-on tué tous ces esclaves ? Il y en avait dix, tout de même ! Et comment étaient-ils arrivés jusqu'ici ?
Il fit signe à ses hommes.
— Faites enlever ces cadavres, ordonna-t-il.
Antonius regardait les corps allongés, les crânes rasés. Il donna un coup de coude à Akis :
— Une dizaine d'esclaves, ça ne te rappelle rien ?
— Non...
— Et la bande d'hier soir ? Derrière l'Annone ! Bizarre, non ?
— Qu'est-ce qui te prouve que ce sont eux ?
— Ça !
Antonius s'approcha et montra une grosse bosse derrière la tête d'une des victimes. C'était un chauve avec une barbe rousse.
— Tu te rappelles celui qui t'a sauté dessus et que j'ai assommé d'un coup de pied ? C'est lui !
Avant qu'Akis ait pu répondre, un vigile s'approcha d'eux.
— Allez, les jeunes, rentrez chez vous, dit-il. Ce n'est pas un spectacle pour vous.
Il tenta de repousser les garçons, mais Antonius résista :

— Attends ! Nous savons qui sont ces esclaves !
— Ah bon ? demanda le garde d'un air dubitatif.
— Je les reconnais ! insista Antonius. Ce sont eux qui ont cambriolé l'Annone hier soir !
Le vigile éclata d'un rire tonitruant :
— Cambriolé l'Annone ! Et puis quoi encore ! Tiens, en tout cas, celui-là, tu ne l'auras pas volé !
Et il flanqua à Antonius un violent coup de pied dans le derrière. Celui-ci se retourna aussitôt, mâchoire serrée et poings brandis, prêt à frapper. Mais l'homme dégaina son glaive et le lui agita sous le nez.
— Laisse tomber, c'est un imbécile, murmura Akis en entraînant son ami par le coude.
Les deux garçons partirent vers l'entrepôt de Bakyrès où le travail les attendait.
Pendant ce temps, la patrouille avait réquisitionné une charrette et commencé à y charger les cadavres. En rejoignant ses collègues, le vigile, qui riait encore, ne put s'empêcher de rapporter les paroles d'Antonius.
— ... et il me dit comme ça que les morts ont volé l'Annone !
Les autres gardes s'esclaffèrent. Mais l'officier avait entendu, et il bondit sur l'homme :
— Qu'est-ce que tu racontes ? Quelqu'un a identifié les corps ?
— Non, c'est juste un jeune farfelu qui dit que les esclaves morts ont volé l'Annone hier soir !
Le garde pouffa de nouveau, imité par ses col-

lègues. Furieux, l'officier lui donna un grand coup de poing dans l'épaule.
– Crétin ! hurla-t-il. On a pillé l'Annone la nuit dernière ! Et toi, tu viens de laisser partir un témoin !
Il se retourna et regarda, désolé, les derniers badauds s'éloigner. Trop tard ! Les adolescents avaient disparu.

10

Pendant ce temps, Marcus s'activait dans les sous-sols des thermes. Avec trois autres employés, il était chargé tous les matins d'allumer les grands fours de brique qui chauffaient les réservoirs alimentant les salles des eaux chaudes et des eaux tièdes.

Le garçon était soucieux. Il avait mal dormi. Le visage balafré de Krux lui revenait sans cesse à la mémoire. Le simple geste d'un collègue s'essuyant le front lui rappelait l'image de Krux en train de passer l'ongle de son pouce sur son cou ! Le mortier rougeâtre qui assemblait les briques des murs évoquait soudain pour lui la cicatrice rouge sur la joue de Krux.

– Eh bien, Marcus, à quoi penses-tu ? demanda une voix sévère.

Marcus sursauta et faillit lâcher son seau de charbon de bois. C'était Marcellus, son père, venu vérifier son travail.

— Euh… à rien de spécial, répondit le garçon évasivement.
— C'est bien ce que je me disais ! se moqua son père. Tu étais en train de verser le charbon par terre !
Marcellus et les autres employés éclatèrent de rire. Marcus fit la grimace. Il reprit son seau et jeta le charbon de bois dans le four. Le feu se mit à ronronner de plus belle.
Tandis que Marcellus remontait vers les vestiaires, un employé se pencha vers Marcus :
— Tu es au courant, pour l'Annone ?
— Je ne suis au courant de rien ! Je n'ai rien vu ! s'exclama Marcus.
Il avait presque crié. Surpris, son collègue le regarda longuement. Il remarqua que les mains du garçon tremblaient.
— Toi, tu caches quelque chose, finit-il par dire.
Marcus fit un effort pour se reprendre. Il essuya la sueur qui lui coulait sur les yeux.
— Non, non, protesta-t-il. C'est juste un peu de fatigue… Il fait trop chaud ici…
En réalité, Marcus mourait de peur. Les événements de la veille au soir avaient ébranlé sa volonté d'aller trouver Valerius pour tout lui raconter. Contrairement à ce qu'Antonius avait d'abord affirmé, Krux n'avait pas quitté la ville. Il avait même dirigé le cambriolage de l'Annone ! Et l'homme semblait déterminé à éliminer tous ceux qui se dresseraient sur sa route.

Soudain, un vacarme se fit entendre dans les couloirs et s'amplifia : on aurait dit une troupe en marche. Dans la chaufferie, les employés interrompirent leur travail et levèrent des yeux étonnés vers le plafond. Une discussion véhémente éclata au-dessus d'eux. Marcus entendit la voix de son père, étouffée par l'étage qui les séparait.
— À quel propos ? criait Marcellus. Voyons, vous devez faire erreur !
Puis les bruits de pas se rapprochèrent. Le cliquetis des armes et des casques devint plus net.
Un officier surgit dans la pièce, suivi de quelques gardes. Les employés se figèrent.
— Qui est Marcus, fils de Marcellus ? demanda l'homme dans un silence impressionnant.
Sa voix avait claqué comme un fouet. Marcus sentit ses jambes se dérober. Il se retint au mur derrière lui.
— C'est moi…, murmura-t-il faiblement.
— Suis-nous ! ordonna l'officier.
— Mais… pourquoi ? demanda Marcus, accablé.
— Simple interrogatoire, se contenta de répondre le soldat.
Marcus poussa un long soupir navré et rejoignit l'officier. Au passage, il entendit son collègue siffler quelques mots entre ses dents serrées :
— Je m'en doutais ! Tu n'as pas la conscience tranquille, hein ?
Marcellus, à la fois mécontent et un peu inquiet, regarda son fils :

– Il paraît que tu as des choses à raconter. J'espère que tu n'as pas fait de bêtises et que tu n'en auras pas pour trop longtemps !
L'officier l'écarta sans ménagement :
– C'est au préfet Valerius d'en décider ! Gardes, emmenez-le !
Marcellus vit son fils s'éloigner entre deux vigiles, la tête basse, tel un coupable.

11

Étroitement encadré par les gardes, Marcus sortit des thermes. Le petit groupe descendit le champ de Mars en direction du forum sous l'œil curieux des passants. Marcus était gêné par ces regards. On devait le croire coupable de quelque méfait ! Heureusement, ils arrivèrent rapidement sur la colline de l'Esquilin, où se dressait la caserne de la deuxième cohorte. Six cents vigiles y étaient logés. Mais, avant tout, c'était là que se trouvaient les bureaux et les archives de la préfecture de la Ville. Marcus se sentit minuscule devant les vastes bâtiments. On le conduisit à travers un dédale de couloirs et de salles jusqu'à une porte monumentale. Là, il fut introduit dans une grande pièce au fond de laquelle se tenait Valerius.

– Marcus ! s'écria le préfet. Je suis content de te voir ! Je crois que tu as des choses à me dire.
– Ce n'est pas une raison pour me traiter comme un criminel ! rétorqua Marcus.

Il s'abritait derrière son insolence pour empêcher la peur de le submerger.
— Ah, ces gardes ! répondit Valerius sans se formaliser. Ils sont toujours trop… zélés. Bon, raconte-moi ce qui s'est passé la nuit dernière, à la préfecture de l'Annone. L'officier des vigiles Proprianus m'a dit que vous aviez vu les voleurs, toi et tes amis.
— Alors, l'Annone a bien été cambriolée ? demanda Marcus pour gagner du temps.
Valerius fronça les sourcils, et le garçon se tortilla sous son regard inquisiteur.
— À toi de me le dire.
— Je… je n'en sais rien…, bredouilla l'adolescent.
— Pourtant, tu m'as assuré du contraire ! lança une voix grave derrière lui.
Marcus sursauta et se retourna, tout pâle. Proprianus venait d'entrer sans bruit dans le bureau de Valerius.
Le préfet s'approcha du garçon et lui posa ses mains sur les épaules. Puis il lui releva le menton et l'obligea à le regarder droit dans les yeux.
— Écoute-moi, Marcus, dit-il d'une voix sévère. J'ai l'impression que tu as peur. Mais c'est une chance pour nous que tu te sois trouvé là-bas. Penses-y. Nous avons besoin de ton aide. Qu'as-tu vu ?
Marcus hésita. Il avait envie d'aider Valerius, mais la frayeur que lui inspirait Krux le paralysait. Il réfléchit rapidement, puis il se décida. Après tout,

il n'était pas obligé de tout leur raconter. Il se lança :

– Bon, voilà… Je rentrais chez moi avec mes amis Akis et Antonius. Nous avions pris par des petites rues à cause de la cohue, et c'est comme ça que…

À cet instant, les portes de la salle s'ouvrirent, et un homme vêtu de la toge de sénateur fit son entrée d'un pas résolu. Valerius leva les yeux vers lui.

– Tiberius ! Merci d'avoir été si prompt ! dit le préfet.

– Bonjour à toi, Valerius, répondit le nouveau venu.

– Marcus, voilà Tiberius, le préfet de l'Annone. Ton témoignage lui importe beaucoup. Mais, avant cela, cher collègue, dis-moi un peu où nous en sommes.

Tiberius se renfrogna.

– La situation est plutôt grave, admit-il. Il nous reste tout juste de quoi acheter du blé pour la prochaine distribution de nourriture au peuple. Mais il n'y aura plus rien pour les suivantes. Au bas mot, une centaine de millions de sesterces ont été volés !

Stupéfait, Marcus ouvrit de grands yeux. Cent millions ! C'était une somme colossale. Un repas dans une taverne coûtait une dizaine de sesterces. Valerius prit la parole à son tour :

– Les gardes aux portes de la ville ont tous été

formels. Grâce à ce garçon et à ses amis, nous avons été très vite mis au courant du vol, et des fouilles ont été pratiquées systématiquement aux sorties de Rome. Aucune somme de cette importance n'a été remarquée. Bien sûr, les voleurs ont pu se séparer. Mais cent millions représentent au moins dix gros sacs de toile. Il faudrait une centaine d'hommes pour faire sortir autant d'argent sans éveiller les soupçons.
— On peut donc en déduire que les voleurs n'ont pas quitté Rome, conclut Tiberius. Et que le butin est caché quelque part en ville.
— C'est tout à fait exact, répondit Valerius. Les voleurs vont attendre que l'affaire se calme. Le temps joue contre nous. Il faut les trouver rapidement, ajouta-t-il, soucieux. Heureusement, nous avons des témoins.
Il se tourna vers Marcus et lui enjoignit de continuer son récit. Mais, au moment où ce dernier reprenait la parole, on frappa à la porte.
— Quoi encore ? s'écria Valerius, excédé.
Un officier des vigiles entra précipitamment et annonça avec fougue :
— Préfet Valerius ! J'ai une grande nouvelle ! On a retrouvé les voleurs de l'Annone !
— Ah bon ! Qui sont-ils ? Et le butin ?
L'homme s'éclaircit la voix et son enthousiasme retomba d'un seul coup :
— Heu… On n'a pas trouvé trace de l'argent. Mais les voleurs sont des esclaves.

— Des esclaves... Les esclaves de qui ? Vous les avez fait parler ?
— C'est-à-dire qu'on les a trouvés... dans le Tibre... morts, avoua l'officier.

12

Un silence pesant accueillit cette nouvelle, bientôt rompu par Valerius. Le préfet entra dans une colère noire.
– Morts ? s'emporta-t-il. Alors comment savez-vous que ce sont eux les coupables ?
L'officier recula d'un pas.
– Parle ! ordonna sèchement le préfet. Je n'ai pas de temps à perdre !
– Deux jeunes ont identifié un corps comme étant celui d'un des voleurs de l'Annone.
– Et ces jeunes, où sont-ils ? demanda Tiberius.
– Euh… ils ont disparu, murmura le vigile, pas très fier de lui.
Valerius leva les yeux au ciel, excédé.
– Bon, dit-il en essayant de reprendre son calme. Raconte ce que tu sais exactement. Qu'on en finisse !
L'homme prit une grande inspiration et se lança :
– Dix corps ont été retrouvés ce matin dans le

Tibre. Leur apparence laisse penser qu'il s'agit d'esclaves. Ils ont été empoisonnés avant d'être jetés à l'eau... C'est tout.
— Empoisonnés ? reprit Valerius, étonné.
Marcus allait lui aussi de surprise en surprise. D'abord, la somme considérable volée à l'Annone ; maintenant, les dix voleurs exécutés. L'affaire était vraiment sérieuse. Il sentit qu'il n'avait pas le droit de dissimuler plus longtemps ce qu'il savait.
— Une des victimes avait-elle une cicatrice en forme de croix sur la joue gauche ? demanda-t-il, plein d'espoir.
— Non, je les ai tous bien observés, pas de cicatrice, répondit l'officier.
— Alors Krux court toujours ! soupira Marcus en frissonnant.
— Qui est ce Krux ? demanda abruptement Valerius.
Marcus le regarda, hésitant. Mais il en avait déjà trop dit. Et le préfet ne semblait pas d'humeur à en supporter davantage. Alors il raconta tout.
— C'est lui, le meurtrier des thermes. Je voulais venir t'en parler, mais avec les Saturnales je n'en ai pas eu le temps.
— Comment sais-tu qu'il est coupable ? demanda Valerius.
— Aux vestiaires, il a laissé tomber un couteau plein de sang. Je l'ai vu, et il...
Marcus avala sa salive et jeta un coup d'œil craintif au préfet :

— ... il a menacé de me tuer si je disais quoi que ce soit.
— C'est pourquoi tu avais si peur de nous parler, tout à l'heure, maugréa Valerius.
— Mais ce n'est pas tout, continua le garçon. Hier soir, il était avec les voleurs de l'Annone. Je l'ai reconnu. Et il a essayé de nous éliminer, mes amis et moi. Sans Proprianus...
— Je te l'accorde, c'est un homme dangereux, admit le préfet. Mais ne t'inquiète pas. Il y a peu de chances qu'il te retrouve. À l'heure qu'il est, il doit se cacher avec son butin. Il ne sait pas où tu habites. Il suffira que tu n'ailles pas travailler jusqu'à ce qu'on le retrouve. Ce qui ne saurait tarder... j'espère...
Mais Marcus n'en avait décidément pas fini.
— Heu, préfet, dit-il encore. Aux thermes, Krux était accompagné d'un sénateur.
— Quoi ? s'écria Valerius, complètement abasourdi. Un sénateur ! Quel sénateur ?
— Je ne sais pas, un homme aux cheveux gris, grand et arrogant.
Valerius se mit à marcher à travers la pièce, songeur.
— Les choses se compliquent, dit Proprianus. Si ce Krux est mêlé aux deux affaires, il y a des chances pour que ce sénateur le soit aussi. La mort des voleurs le confirme. Après tout, le poison n'est pas une arme couramment employée par de petits brigands.

— En effet, répondit Valerius. Eux, ils préfèrent le poignard.
Ce fut au tour de Tiberius d'intervenir :
— Nous avons identifié l'homme qui a été assassiné aux thermes. C'est Domitius, le responsable du service de la Poste, qui dépend de l'Annone.
Il y eut un long silence.
— Les deux affaires sont donc bien liées, conclut Valerius d'une voix lasse. Ce Domitius devait être au courant de ce qui se tramait…
— Notre situation est délicate, ajouta Tiberius. Un sénateur ! Sais-tu combien de sénateurs correspondent à ce signalement, Marcus ?
— Non, mais aussi imbus d'eux-mêmes, il ne doit pas y en avoir beaucoup !
Les hommes sourirent à cette remarque.
— On ne peut quand même pas convoquer tous les sénateurs aux cheveux gris qui sont imbus d'eux-mêmes ! intervint l'officier des vigiles.
Valerius balaya de la main cette suggestion :
— Bien sûr que non ! Il faudrait les convoquer tous…
Il s'interrompit, songeur, puis reprit :
— Dans l'immédiat, il faut attraper ce Krux. Ensuite, nous devons trouver ce sénateur. Marcus, merci de ton témoignage. Continue d'ouvrir l'œil ! Mais reste prudent et ne te promène pas tout seul. Pour ton travail, ne t'inquiète pas, je ferai prévenir le directeur des thermes.
Marcus quitta la pièce, rassuré seulement à moitié.

Il n'avait qu'une hâte : retrouver ses amis. Valerius renvoya aussi le vigile, puis se tourna vers Tiberius.
— Comment allons-nous nous y prendre ? demanda-t-il, embarrassé.
On frappa de nouveau à la porte, ce qui évita à Tiberius de répondre. Un garde introduisit l'édile Tullius Gracchus.
C'était un homme de grande taille aux cheveux gris. Il avança d'un pas lent, vêtu d'une toge au drapé remarquablement travaillé.
— Bonjour à toi, préfet Valerius ! dit-il d'une voix hautaine.
Tiberius s'inclina devant l'édile, qui lui fit un petit signe de tête en retour.
Valerius marcha à sa rencontre.
— Bonjour à toi, Gracchus ! Félicitations pour les fêtes d'hier soir. Elles étaient particulièrement réussies.
— Oui, je sais. Mais peut-on parler de réussite, avec cette histoire de vol de l'Annone ?
— Je vois que les nouvelles vont vite !
— En effet. C'est pour cela que je suis venu te voir...
Valerius ne répondit pas. Gracchus remonta un pan de sa toge et fit quelques pas autour de la pièce en regardant les fresques peintes sur les murs avec une moue dédaigneuse.
— En tant qu'ami personnel d'Auguste, je m'inquiète beaucoup pour la survie de son peuple,

reprit-il pompeusement. Il faut que ton enquête aboutisse à des résultats rapides ! On ne va pas pouvoir cacher longtemps cette histoire à l'empereur, n'est-ce pas ?

— Nous savons tout cela, rétorqua Valerius, agacé. J'ajouterai que le préfet Tiberius et moi-même sommes aussi soucieux que toi de la bonne marche des affaires du peuple de…

Gracchus leva la main et interrompit Valerius.

— Où sont les voleurs et où se trouve le butin ? demanda-t-il sèchement.

Valerius se força à parler d'une voix calme :

— Une dizaine d'esclaves ont été retrouvés dans le Tibre. Des témoins les ont reconnus…

— Des témoins ? Quels témoins ? sursauta Gracchus en pâlissant très légèrement.

— Qu'importe, répondit Valerius sans prêter attention à cette réaction. Le butin, continua-t-il, n'est certainement pas encore sorti de l'enceinte de la ville. Nous recherchons un homme, un étranger qui répond au nom de Krux. Il a assassiné le responsable de la Poste, hier aux thermes. J'ai de bonnes raisons de croire que l'homme et son butin se trouvent quelque part dans Rome.

Gracchus leva les yeux au ciel.

— Les bandes du Transtévère ! s'exclama-t-il. Voilà la réponse !

— Pardon ? demanda Valerius.

— Il est grand temps de faire le ménage dans la Plaine ! poursuivit Gracchus en produisant un

nouvel effet de manches. Que l'on me confie la tâche, et j'aurai tôt fait de remettre de l'ordre dans ce trou à rats !
Profondément agacé, Valerius changea de ton.
— Gracchus, tu n'es pas devant ton public ! lâcha-t-il, excédé. Tes grands discours ne servent à rien ici ! Que chacun fasse son travail, et tout ira bien ! Je vais faire fouiller la ville de fond en comble, y compris les égouts ! C'est mon dernier mot. Proprianus...
L'officier se redressa, salua et sortit de la salle.
Gracchus regarda le préfet. Ses yeux se plissèrent avec un éclat mauvais. Il rajusta une dernière fois sa toge et, sans un mot, quitta la pièce à son tour.
Valerius soupira. Il avait horreur de ces jeux de pouvoir.
— Allez, Tiberius ! Ne nous laissons pas distraire de notre tâche.
Puis il ajouta entre ses dents :
— L'empereur Auguste devrait mieux choisir ses amis...

13

Il était midi. Le soleil avait fait son apparition, et la neige commençait à fondre. Des gouttes glacées tombaient des toits.

Marcus retrouva ses amis à la taverne de Menander.

— Si vous saviez, les gars ! s'écria-t-il en entrant. J'ai des choses à vous raconter !

— Et nous, alors ! répondit Akis.

Des brochettes de porc à la main, les quatre garçons allèrent s'asseoir sur les marches de l'escalier de l'immeuble.

Marcus ne tenait pas en place :

— J'arrive de la préfecture de la Ville ! J'ai tout raconté à Valerius au sujet de Krux !

— Alors, qu'est-ce qu'il a dit ? lui demanda Antonius.

— Les deux affaires sont liées ! C'est le responsable de la Poste qui a été assassiné hier aux thermes, et l'Annone a bien été cambriolée !

Maintenant, tous les services de police vont chercher Krux !

— Tu es au courant pour les esclaves repêchés près du pont Æmilius ? demanda Akis.

— Ceux qui sont morts empoisonnés ?

— Eh bien, ce sont les mêmes qui nous ont couru après, hier soir. Antonius en a reconnu un…, précisa Akis.

— Ah, c'est vous, les deux « jeunes » dont parlait l'officier des vigiles !

— Mais ils n'ont pas voulu nous écouter, déplora Antonius. Quelle perte de temps !

Titus, qui n'avait suivi que de loin toute l'histoire, essayait tant bien que mal de reconstituer les événements.

— Attendez ! Ce fameux Krux, c'est le chef des voleurs de l'Annone. Mais il n'est pas parmi les esclaves retrouvés dans le fleuve. C'est ça ? Et Marcus, Antonius et Akis, vous êtes les seuls témoins du vol ? Je ne me trompe pas ?

— Non ! C'est exact ! répondit fièrement Akis.

Comprenant ce que cela impliquait, Marcus redevint soucieux.

— Aïe, c'est vrai, ça ! murmura-t-il.

— Il vaut mieux faire attention et ne pas parler de cette affaire à n'importe qui, suggéra Akis.

— Oui, il faut que ça reste entre nous, renchérit Antonius en regardant autour d'eux.

Marcus leur rapporta les recommandations de prudence de Valerius. Un silence s'installa, bientôt

rompu par Titus, qui réfléchissait à toute l'histoire.
— Voyons, commença le fils de Menander. On sait que les esclaves sont les voleurs de l'Annone. On sait aussi qu'ils ont été empoisonnés. Qui a bien pu les supprimer ?
— Krux…, avança aussitôt Antonius.
Titus poursuivit son raisonnement :
— Et où les a-t-on trouvés ?
— Près du pont Æmilius, répondit Akis.
— Et comment sont-ils arrivés là ? demanda Titus.
Les trois autres se regardèrent.
— Ils étaient dix ! Krux n'a pas pu les transporter tout seul, il ne serait pas passé inaperçu. Non, je ne vois pas, dit Marcus en haussant les épaules.
— Réfléchissez ! s'exclama Titus. Qu'avaient-ils de particulier, ces voleurs ?
— Ils n'avaient pas leurs manteaux, s'écria Akis.
— C'est ça, reprit patiemment Titus. Et, à votre avis, par où ont-ils pu se volatiliser après leur cambriolage ?
Encore une fois, ses amis furent incapables de répondre.
— Les égouts ! suggéra Titus, ravi de sa trouvaille. Il y a des accès aux égouts partout.
— Pas bête, dit Antonius en hochant la tête.
— Et où se déversent les égouts ? demanda Titus.
— Dans le Tibre ! cria Akis, soudain tout excité. Et le Grand Égout donne tout près du pont Æmilius.
— Tu as raison ! s'exclama Marcus.
Il bondit sur ses pieds :

— Le butin est sûrement là-dedans. Et c'est là que Krux a dû aussi se débarrasser de ses complices. Comme ça, il garde tout pour lui !
— Voilà pourquoi ils n'avaient pas de manteaux ! dit Akis. Ils devaient être bien tranquilles, à l'abri dans les égouts. Et, pendant qu'ils mangeaient, Krux les a empoisonnés !
— Bon, eh bien, allons vérifier ça sur place ! lança Antonius en se levant.
Les autres le regardèrent, médusés. Il bombait le torse, prêt pour l'aventure.
— Ben quoi ! s'exclama l'adolescent. On ne va quand même pas attendre que la police se réveille !

Les quatre amis arrivèrent rapidement à l'endroit où le Grand Égout déversait son contenu nauséabond dans le Tibre. Antonius en tête, ils firent quelques pas sous la haute voûte, dans une galerie de plusieurs pieds de large. Un flot d'eaux noires et sales s'écoulait lentement entre deux parapets qui permettaient de se déplacer sans se mouiller les pieds. Titus se boucha le nez.
— Quelle odeur ! Tu es sûr qu'il faut y aller ? demanda-t-il d'un ton hésitant.
Antonius lui fit signe de baisser la voix et, sans répondre, continua d'avancer.
Devant eux, la galerie semblait s'enfoncer sous terre indéfiniment.
— Charmant, cet endroit…
Akis avait parlé un peu trop fort, et sa voix réveilla

d'étranges échos. Ils entendirent mourir au loin les dernières syllabes.
– Endroit… droit… roit…
Marcus se retourna vivement :
– Chut !
– Chut… hut… ut…, répondit l'écho.
Antonius tapa sur l'épaule de son cousin et mit un doigt sur ses lèvres.
Ils reprirent leur progression dans une obscurité poisseuse et nauséabonde. Par endroits, des rais de lumière venaient frapper la surface des eaux grasses à travers des ouvertures aménagées dans la voûte. Mille reflets dansaient alors sur les murs ruisselants d'humidité. Des galeries sombres s'ouvraient de chaque côté de la galerie. Ça et là, un escalier de pierre remontait vers la surface.
– C'est un vrai labyrinthe…, souffla Akis.
Ils avançaient toujours et, au bout d'un moment, perdirent la notion du temps. Aucun d'eux n'était franchement rassuré.
Soudain, un grattement se fit entendre.
– Qu'est-ce que c'est ? s'écria Titus, horrifié.
À ses pieds, malgré l'obscurité, il distingua des corps noirs qui bougeaient. Il s'appuya contre le mur en respirant avec difficulté. Ses amis s'arrêtèrent.
– Qu'est-ce qu'il y a ? chuchota Marcus, inquiet.
– Je ne me sens pas bien ! J'ai toujours détesté les endroits fermés. Et ces choses…
– Eh, Titus ! Tu ne vas pas t'affoler pour quelques

rats, quand même! bougonna Antonius.
Il le prit par le bras et l'entraîna fermement derrière lui. À cet instant, Akis montra un conduit s'enfonçant sur leur gauche. Au bout, une vague lueur se déplaçait.
— Regardez, il y a quelqu'un là-bas! murmura-t-il.
Titus se dégagea de la prise d'Antonius.
— Je n'en peux plus! gémit-il. J'étouffe! Il faut que je sorte de là!
— Tais-toi! ordonna Antonius à voix basse en le reprenant par le bras. On va juste voir ce que c'est.
— Vous êtes fous! protesta Titus. On va se faire égorger!
— Tu préfères qu'on te laisse là tout seul? lui demanda alors Antonius.
Maintenant, la lueur semblait s'être immobilisée. Les adolescents avancèrent lentement dans sa direction et débouchèrent bientôt dans une nouvelle galerie, parallèle à celle de l'égout principal. Marcus regarda autour de lui et fit un effort pour s'orienter. Dans la lumière faible et vacillante, les murs ruisselants se ressemblaient tous.
— Où sommes-nous? demanda Akis.
— À gauche, c'est le Tibre, répondit Marcus. À droite, on doit remonter en direction du forum... Allons-y.
Devant eux, à une dizaine de pas, la galerie faisait un coude. Soudain, le halo de lumière parut grandir. Il s'élargit brusquement, et des hommes

surgirent, des torches à la main.
— Filons ! chuchota Antonius.
Les garçons firent volte-face et commencèrent à s'éloigner quand une voix résonna, déformée par l'écho :
— Qui va là ?
— Attendez ! C'est Proprianus ! dit Marcus en s'arrêtant net. Proprianus, c'est toi ? demanda-t-il, incrédule.
Il revint lentement vers les torches, suivi des trois autres. C'était bien la patrouille de Proprianus.
— Mais qu'est-ce que vous faites ici ? demanda l'officier, qui n'avait pas l'air content du tout.
— On est juste venus faire un tour…, répondit évasivement Antonius.
— Et moi, je suis le grand pontife ! Vous vous êtes dit que vous alliez retrouver le butin à vous tout seuls, c'est ça ?
Les garçons baissèrent la tête sans répondre.
— Bon, ça suffit ! dit sèchement Proprianus. Maintenant, vous rentrez chez vous, et moi, je m'occupe de Krux et du butin ! Allez, disparaissez !
Devant l'air piteux des garçons, la voix de l'officier se fit plus douce.
— Valerius m'a envoyé vérifier les égouts, et je ne veux pas que des gosses se fassent tuer ici ! Encore une fois, les vigiles sont là, et ils s'occupent de tout.

14

Les quatre amis rebroussèrent chemin, assez penauds. Antonius était furieux. Il ne supportait pas d'être pris pour un gamin !
Ils redescendaient la galerie principale lorsqu'ils entendirent un choc métallique, étouffé et lointain. Les garçons se figèrent.
– Qu'est-ce que c'était ? On aurait dit… des chaînes ! gémit Titus en frissonnant.
D'autres bruits suivirent. Terrorisé, Titus imaginait déjà le corps d'un homme traîné sur le sol. Il se serra contre Antonius.
– Ça vient de là-bas, chuchota Marcus, le cœur battant.
Il revint prudemment en arrière. À une quinzaine de pas, de l'autre côté du flot des eaux sales, il y avait un escalier d'accès à la rue. Antonius rejoignit son cousin.
Retenant leur souffle, ils tendirent l'oreille. Les

bruits reprirent, plus distincts. Antonius et Marcus comprirent et se regardèrent : des hommes étaient en train de descendre dans les égouts ! Ils discutaient à voix basse, et un cliquetis d'armes couvrait leurs paroles.
Les deux cousins revinrent en courant vers Akis et Titus.
– Vite, il faut se cacher !
Ils s'éloignèrent de quelques pas dans une galerie perpendiculaire et se blottirent dans un renfoncement du mur. La paroi ruisselante était couverte de mousse humide. Akis étouffa un cri : de l'eau glacée lui coulait le long de la nuque.
– Chut ! lui lança Marcus, ils arrivent !
– Tu crois que c'est une autre patrouille ? chuchota Titus.
– Je n'en sais rien ! répondit Antonius.
Avec d'infinies précautions, Marcus sortit la tête de la cachette. Il vit bientôt déboucher de l'escalier ce qui semblait être une nouvelle patrouille de vigiles. Un homme sans uniforme marchait en tête. Il portait une torche. Marcus sursauta.
– C'est pas vrai ! murmura-t-il.
– Qu'est-ce qu'il y a ? demanda Antonius.
– Une patrouille. Mais on dirait bien que c'est Krux qui la conduit ! répondit son cousin.
Le groupe d'hommes disparut dans les profondeurs du Grand Égout.
– Tu en es sûr ? demanda Akis.
– Je ne sais pas, je l'ai à peine vu.

— Il faut qu'on sache ! Suivons-les ! ordonna Antonius.
Titus voulut protester, mais Antonius l'en empêcha.
— Tu veux rester tout seul ? le menaça-t-il encore une fois.

Les garçons virent les hommes obliquer sur la droite, dans une galerie perpendiculaire. Ils hâtèrent le pas. Arrivés à la hauteur de la bifurcation, ils les aperçurent qui disparaissaient sur la gauche, dans une autre galerie. Ils entendirent le raclement métallique des armes frottant contre la pierre. Le conduit devait être beaucoup plus étroit.
— Il faut les suivre ! dit Antonius.
— Mais comment ? gémit Titus.
Effectivement, entre eux et les hommes, il y avait le flot d'eaux sales.
— On traverse ! décida le grand brun.
— Quoi ? s'insurgea Akis.
Mais Antonius était déjà descendu du parapet. Résolu, il enfonça une jambe dans le liquide noirâtre et puant. L'eau glacée lui mordit la chair, et il eut l'impression qu'on lui coupait le mollet. Lorsqu'il engagea son autre jambe, la sensation remonta le long de son corps, jusqu'à son ventre. Il souffla profondément et serra les dents. Il eut un moment d'hésitation, mais Marcus l'encouragea :
— Allez, continue !
Antonius fit un autre pas. Il sentit sous son pied

une chose molle et glissante et ne put retenir un frisson de dégoût.

– Ah, qu'est-ce que c'est ? dit-il en baissant les yeux.

Mais il était impossible de voir le fond. Il prit une grande inspiration pour calmer les battements de son cœur. « Fonce, ne réfléchis pas ! » se dit-il. La peur de l'inconnu lui contractait l'estomac. Il fit encore trois pas, s'attendant à tout moment à disparaître dans un trou d'eau. Mais il ne se passa rien. Il arriva enfin de l'autre côté et grimpa sur le parapet. Il se frictionna vigoureusement les jambes pour les réchauffer.

– Vous pouvez y aller ! Vous avez vu, l'eau n'est pas très profonde ! lança-t-il aux autres à mi-voix.

Marcus et Akis le suivirent en grimaçant. L'eau noire leur arrivait à la poitrine.

Puis ce fut au tour de Titus. Au contact de l'eau, il se mit à haleter bruyamment.

– C'est pas possible, je vais crever ! souffla-t-il.

Soudain, il pâlit. À la surface, une masse sombre dérivait vers lui.

– C'est quoi, cette horreur ? glapit-il.

– Rien ! Continue ! commanda Antonius.

Titus s'aperçut avec épouvante que la masse sombre ne flottait pas ! Elle nageait vers lui.

– Ahhhh !

Paniqué, il franchit l'égout à toute vitesse. La chose disparut sous l'eau.

Titus se recroquevilla sur le parapet. Il tremblait

autant de froid que de peur.
— Mais... qu'est-ce que c'était ? demanda-t-il en regardant ses amis.
Ceux-ci fixaient les eaux noires. Leurs visages étaient blêmes.
— Je ne veux pas le savoir, répondit Akis dans un souffle.
Titus renifla sa main avec une moue écœurée. Elle était recouverte d'une pellicule grasse. Antonius l'attrapa par épaule et le mit sur ses pieds.
— Bon, allez ! On repart. Et on arrête tout ce bruit !
Les garçons s'engagèrent à tâtons dans la galerie perpendiculaire. Ici, aucune ouverture n'apportait de lumière. Marcus marchait en tête, se guidant le long du mur avec la main. Soudain, il sentit un vide.
— On y est ! murmura-t-il. C'est l'ouverture par laquelle les hommes ont disparu. Vous voyez la lueur, là-bas ?
Ils firent encore une dizaine de pas dans un étroit conduit qui menait à une grande salle carrée. Un jour blafard venant du plafond éclairait un vaste bassin. C'était un réservoir où les eaux sales décantaient. Un parapet assez large en faisait le tour.
Un conduit, identique à celui par lequel ils étaient venus, s'ouvrait dans chacun des murs. Seule la galerie de gauche était vaguement éclairée par une lumière vacillante. D'un signe, Antonius emmena ses amis de l'autre côté du réservoir et s'arrêta à

l'opposé du conduit éclairé. Protégés par le bassin, ils purent distinguer l'intérieur de la galerie.

Des vigiles se tenaient debout devant plusieurs sacs de toile.

– C'est sûrement le butin de l'Annone ! murmura Marcus.

Osant à peine respirer, les adolescents virent l'un des vigiles remettre une bourse au civil qui les avait conduits. Puis il se retourna et donna des instructions à ses hommes. Le guide salua de la main et repartit avec sa torche, en direction de la salle au bassin.

Antonius frémit. Ils ne pouvaient pas rester là. L'homme ne manquerait pas de les voir. L'adolescent fit reculer ses amis dans l'ombre du passage situé derrière eux.

Ils virent l'homme s'arrêter pour vérifier son compte en s'éclairant de sa torche. Il laissa échapper un cri joyeux dans une langue étrangère. Il se pencha pour fixer la bourse à sa ceinture et son visage apparut brièvement dans la lumière.

– C'est lui ! souffla Marcus en se crispant. C'est Krux !

Ce dernier disparut dans la galerie par laquelle tous étaient venus. Peu de temps après, les vigiles sortirent par le même chemin. Seuls trois d'entre eux restèrent près des sacs. Toujours cachés, les garçons réfléchissaient.

– Que font ces vigiles, ici ? finit par demander Titus.

À cet instant, Akis bougea. À être resté trop longtemps accroupi, il avait des fourmis dans les jambes. Une pierre roula sous ses pieds et tomba dans l'eau du réservoir avec un plouf ! sonore. Dans le silence, le bruit résonna comme un coup de tonnerre.

Les gardes sursautèrent. L'un d'eux dégaina son glaive, s'approcha lentement du bassin et entreprit d'en faire le tour. Dans un instant, il allait découvrir les adolescents !

— Qu'est-ce que c'est ? cria le garde.
— Vite ! souffla Antonius.
Les garçons firent précipitamment demi-tour et foncèrent malgré l'obscurité. Le vigile les entendit détaler et se lança à leur poursuite. Mais, au moment où il entrait dans le conduit, il glissa sur le dallage mouillé. Son glaive lui échappa des mains et tomba à l'eau. L'homme se rattrapa de justesse, évitant ainsi de suivre le même chemin que son arme. Fou de rage, il jura.
Les adolescents entendirent le bruit de la chute et le cri du garde. Soulagés, ils se mirent à rire, sans pour autant ralentir. S'écorchant les doigts aux murs, ils couraient droit devant eux. La galerie déboucha bientôt sur un autre conduit, qui les ramena à l'égout principal.

Quand ils réapparurent sur la berge du Tibre, l'après-midi touchait à sa fin. Les garçons étaient

essoufflés et dégageaient une odeur épouvantable. Le vent leur glaça les os.
Akis tomba à terre, exténué.
— Je n'en peux plus ! lâcha-t-il.
Par mesure de sécurité, Antonius le força à se relever, et ils s'éloignèrent de l'entrée des égouts.
— Qu'est-ce que ça veut dire ? demanda Titus. Ces vigiles sont de mèche avec Krux ?
Plié en deux, les mains sur les hanches, il essayait de reprendre son souffle. Antonius secoua la tête :
— Je ne crois pas. À mon avis, ces hommes travaillent pour celui qui a commandité le vol de l'Annone, comme Krux.
Marcus, perplexe, leva les yeux vers son cousin :
— Qui est-ce ? Valerius a ordonné à Proprianus d'inspecter les égouts. Qui d'autre a le pouvoir d'envoyer des vigiles ?
— Écoutez, coupa Titus. Il faut qu'on réfléchisse tranquillement à tout ça. Allons au bois de César !
— Tu as raison, dit Antonius. Tous au bois !

Le bois de César s'étendait au pied de la colline du Janicule, entre la maison d'Akis et le Transtévère. Sous un grand chêne, une large pierre de grès blanc servait de lieu de réunion aux garçons. Le temps s'était radouci et le soleil avait chauffé la pierre. Ils s'y allongèrent avec plaisir.
— Ah ! Ça fait du bien ! s'exclama Akis.
— Mais ça n'enlèvera pas l'odeur ! remarqua Antonius.

Marcus éclata de rire. Il se sentait soulagé d'être loin du Grand Égout. Loin de Krux et de sa cicatrice. Titus était perdu dans la contemplation des branches du chêne se découpant sur le ciel bleu. Cette vue le réconfortait après l'obscurité des souterrains.

— Bon. Reprenons, dit-il sur un ton de professeur. Qui a cambriolé l'Annone ?

— Des esclaves, répondit Antonius.

— Et un certain Krux, d'après Marcus. Où est le butin ?

— Quelque part dans Rome, d'après Valerius, dit à son tour Marcus.

— Et nous avons vu des sacs dans les égouts. Ainsi que des vigiles. Que faisaient-ils là ?

— Les sacs, c'était le butin, et ils le gardaient, suggéra Akis.

— Mais pourquoi Krux les guidait-il ? Sont-ils ses complices ?

— Il a dû les faire céder avec de l'argent, suggéra Antonius.

— Lui, ou le sénateur qui l'accompagnait aux thermes, corrigea Akis.

— À ce propos, pourquoi ce meurtre, et pourquoi celui des esclaves ?

— On n'en sait encore rien ! dit Marcus. Je crois que la question à se poser est plutôt : qui a besoin de tout cet argent ?

— Un homme qui peut manipuler de très grosses sommes sans que ça se remarque, enchaîna Titus.

Qui peut le faire, sinon quelqu'un qui est déjà riche ? Donc, il faut trouver pour qui travaille Krux. Ça nous ramène à ce sénateur vu par Marcus aux thermes. C'est la seule piste possible !
– Alors, on a tout trouvé ! s'écria Akis. On sait où est le butin, on sait que c'est Krux qui l'a volé, et on sait qu'il travaille pour un sénateur ! Il faut aller voir le préfet Valerius !
– Et comment tu le coinceras, ton bonhomme ? coupa Antonius, sceptique. On ne peut tout de même pas aller voir chaque sénateur ! Il y en a un peu trop, non ?
Un grand silence se fit. Marcus se leva et se mit à faire les cent pas autour de la pierre.
– Bon, reprit Titus en soupirant, comment était-il, ton sénateur ?
– Grand, cheveux gris, quarante ou cinquante ans. Très prétentieux, et parlant avec une voix qui vous glace.
– C'est drôle, dit Titus. Ça me rappelle Gracchus.
– Gracchus ? demanda Akis.
– Oui, l'édile chez qui j'ai servi le banquet. Quand il est arrivé chez lui, après le défilé, il s'est adressé à moi comme si j'étais un chien.
– Tu ne vas pas me dire que c'est lui ! s'exclama Marcus.
– Je ne dis pas ça, concéda Titus. Je dis que ça lui ressemble… Il n'est pas très sympathique…
Akis lui coupa la parole :
– Mais ça ne peut pas être lui ! Gracchus n'a pas

besoin d'argent !
— Et surtout, c'est un ami intime de l'empereur ! précisa Marcus.
Cette annonce fit l'effet d'une douche froide.
— On ferait mieux de laisser tomber Gracchus, conclut Titus.
— Pas d'accord ! dit soudain Antonius avec véhémence.
Les autres le regardèrent, surpris.
— C'est une piste, autant la suivre jusqu'au bout ! Qu'il soit l'ami de l'empereur n'a pas d'importance. Après tout, Brutus était le protégé de Jules César, et il l'a tout de même poignardé.
— Mais comment le piéger ? demanda Akis.
— J'ai trouvé ! C'est très simple !
Titus bondit sur ses pieds, tout excité.
— Il suffit que Marcus voie Gracchus. Si c'est bien lui qui était aux thermes avec Krux, c'est qu'on est sur la bonne piste ! On va aller voir Gracchus !
Akis se leva à son tour :
— Voir Gracchus, nous ? Et tu crois qu'il va nous recevoir ? Tu rêves !
— Pourquoi ne pas plutôt en parler d'abord à Valerius ? suggéra Marcus.
La proposition fut acceptée à l'unanimité. Le lendemain ils iraient voir Valerius !

16

Akis avait regagné la maison de ses parents sur la colline tandis qu'Antonius, Marcus et Titus étaient rentrés dans leur immeuble du Transtévère.
Malgré sa fatigue, Antonius n'arrivait pas à dormir. Dans l'autre pièce, son oncle Marcellus ronflait bruyamment. Paulina, sa femme, dormait à poings fermés, bien emmitouflée dans ses couvertures.
Antonius se tourna vers son cousin et le secoua doucement :
— Marcus, réveille-toi !
— Hmm ?
Antonius le secoua un peu plus fort :
— Réveille-toi ! Écoute, j'ai une idée…
Marcus ouvrit un œil :
— Quoi ? Il fait encore nuit ! Laisse-moi dormir !
— Justement ! Il faut agir maintenant !
Marcus grogna et lui tourna le dos. Mais Antonius insista tellement que son cousin finit par se

redresser, réveillé mais furieux. Il avait sommeil.
— Qu'est-ce que tu veux ? s'exclama-t-il. C'est la nuit, il fait un froid de loup, et on a dit que demain…
— Oui, mais d'abord, on doit faire quelque chose !
Marcus ouvrit la bouche pour protester, mais Antonius le bâillonna avec sa main et lui montra la chambre de Marcellus.
Sans bruit, les deux cousins se levèrent et passèrent dans la salle principale.
— Si ça se trouve, Gracchus n'y est pour rien, reprit Antonius. Et même s'il est coupable, comme c'est un personnage très puissant, il arrivera facilement à se défendre ou à gagner du temps pour cacher le butin. Tout repose sur ton témoignage, Marcus ! C'est trop mince !
Marcus s'indigna :
— Qu'est-ce qu'il a, mon témoignage ?
— Réfléchis un instant ! Que vaut la parole d'un jeune plébéien face à celle d'un sénateur, ami intime de l'empereur, en plus ?
À contrecœur, Marcus dut admettre que son cousin avait raison.
— Et qu'est-ce qu'on peut y faire ? demanda-t-il.
— Rien. Mais on va aller piéger les sacs ! répondit le grand brun. Comme ça, le coupable, Gracchus ou pas Gracchus, sera tout de suite identifié, même s'il les cache.
— Mais pourquoi maintenant ?
— Avant que le butin ne soit changé de cachette,

tiens ! Je te rappelle que les gardes nous ont entendus, cet après-midi !

Marcus comprit qu'il ne servirait à rien de protester. Ils prirent leurs manteaux et sortirent de l'appartement sur la pointe des pieds. Dans la rue, l'air glacial de la nuit les saisit. Au-dessus des toits, la faible lueur de l'aube commençait à poindre.

– Regarde : le jour va se lever ! C'est trop tard ! risqua Marcus.

– Au contraire ! Il ne faut pas traîner ! Allons-y ! répliqua son cousin.

Ils se mirent à courir en direction du Tibre et rejoignirent le pont Æmilius. Encore mal réveillé après cette nuit trop courte, Marcus avait du mal à suivre le rythme d'Antonius. Il sentit que le sol allait se dérober sous ses pieds et dut s'arrêter. Il s'accouda au parapet du pont, les jambes douloureuses.

Antonius était déjà loin quand il se rendit compte que son cousin ne le suivait plus. Il rebroussa chemin, exaspéré.

– Mais qu'est-ce que tu fabriques ? grogna-t-il. Ce n'est pas le moment d'admirer le paysage !

Marcus ne répondit pas. Il essayait de reprendre son souffle, les yeux rivés sur les eaux agitées du fleuve. Mais ce n'était pas une bonne idée, car les tourbillons lui donnèrent encore plus le vertige. Il chancela. La poigne ferme d'Antonius le retint de justesse.

– Qu'est-ce que tu as ? demanda ce dernier, soudain inquiet.

Marcus secoua la tête.
— Ça va aller, murmura-t-il. Juste un moment de fatigue.
Il respira profondément l'air glacé. Les couleurs revinrent peu à peu à ses joues.
— On peut y aller, dit-il enfin.
D'un pas rapide, ils descendirent en direction de l'Emporium. Tout était encore calme. Mais, alors qu'ils passaient devant un amoncellement de tonneaux, un appel retentit :
— Oh ! Oh !
Des tonneaux roulèrent. Marcus sursauta.
— Qu'est-ce que c'est ? chuchota-t-il.
— Je ne sais pas ! Ne traînons pas ici ! répondit Antonius, lui aussi inquiet.
Ils pressèrent le pas. Antonius entraîna son cousin derrière les bâtiments du port, dans le quartier des entrepôts. Mais Marcus, se sentant faible, s'appuya contre un mur.
— Attends-moi ! souffla-t-il à Antonius.
Antonius revint vers lui en courant.
— Qu'est-ce qu'il y a ? On n'a pas le temps de traîner !
— Juste une petite pause, je suis fatigué, le supplia Marcus.
Antonius grommela, mais n'insista pas. Il croisa les bras et attendit. Soudain, sans qu'aucun bruit l'ait alerté, une violente poussée dans le dos le projeta sur Marcus.
Le garçon, à la fois surpris et effrayé, voulut se

retourner, mais une main puissante lui emprisonna aussitôt la nuque tandis qu'une lame froide et acérée s'appuyait sans douceur contre son cou.
On allait l'égorger !

17

Le premier réflexe d'Antonius fut de se débattre. Aussitôt, la pression de la lame s'accentua et lui arracha un cri de douleur.
— Ne bouge pas, ou je te coupe en deux ! grogna une voix.
Antonius laissa échapper un cri rageur :
— Laisse-moi !
Mais il n'y avait rien à faire. Il était à la merci de son agresseur.
— Mais que se passe-t-il, enfin ?
— Ne bouge pas, lui conseilla Marcus.
Antonius essaya de tourner la tête pour dévisager son agresseur. Il ne fit qu'augmenter la pression de la lame sur son cou.
— Officier ! Nous en tenons deux !
D'autres hommes approchèrent, dans un bruit caractéristique de métal. « Des vigiles ! » comprit Antonius.
Brusquement, la main libéra sa nuque tandis que

le glaive fut écarté de sa gorge. Antonius fut jeté sans ménagement contre le mur à côté de Marcus. Il se retourna lentement en se frottant le cou.
L'officier qui commandait la patrouille s'approcha, une torche à la main. Il examina ses deux prisonniers de la tête aux pieds. Puis il abaissa la flamme vers le visage de Marcus et éclata de rire.
– Mais ce sont des gosses! s'exclama-t-il. Que faites-vous dans le port de Rome à cette heure-ci?
Marcus jeta un regard furieux à son cousin et marmonna: « Bravo, Antonius! Quel plan génial! »
– Euh…, bafouilla Antonius. Nous sommes venus travailler.
L'officier se pencha vers lui.
– Quoi? gronda-t-il, mauvais. Tu te paies ma tête? Avoue plutôt que vous êtes venus rôder pour voir s'il n'y avait rien à voler! Allez, dites-moi la vérité, et peut-être que vous ne finirez pas la nuit en prison!
– Non, pas la prison! gémit Marcus en se recroquevillant.
L'officier se tourna vers lui.
– C'est pourtant ce qui t'attend si tu mens, aboya-t-il.
Antonius rassembla tout son courage et s'efforça de parler calmement:
– Nous ne faisons rien de mal, officier. Je travaille pour Bakyrès, le marchand de poisson. Nous sommes venus, mon cousin et moi, faire l'inventaire. Nous partons pour Ostie tout à

l'heure. Avec les fêtes de cette semaine, notre maître nous donne beaucoup de travail. On n'est pas là pour le plaisir, crois-le bien !

L'homme hésita. Antonius semblait sincère. Et le gamin qui l'accompagnait, ce frêle coucou terrifié, avait l'air lui aussi bien innocent. Ces deux-là n'avaient rien à voir avec les bandits qu'il arrêtait d'habitude !

— Je ne sais pas pourquoi, mais je vais vous croire, finit-il par dire. Où se trouve l'entrepôt de ton patron ?

— Un peu plus loin sur la gauche, répondit Antonius.

— Allons-y, ordonna l'officier.

Les cousins se mirent en marche, accompagnés par les vigiles. Quand ils arrivèrent devant l'entrepôt de Bakyrès, le hangar voisin était ouvert. Un homme était déjà au travail.

Il vit le petit groupe approcher.

— Qu'est-ce qui se passe ? demanda-t-il, curieux.

L'officier attrapa Antonius par le bras.

— J'espère pour toi que tu as dit la vérité…, glissa-t-il entre ses dents.

Puis il s'adressa à l'homme :

— Connais-tu ces deux garçons ?

L'homme se pencha vers Antonius et plissa les yeux.

— Antonius, c'est toi ? Eh bien, tu travailles de plus en plus tôt ! s'exclama-t-il.

Marcus sentit qu'un poids quittait sa poitrine.

Antonius fit un large sourire au marchand :
– Eh oui ! Bakyrès ne nous épargne pas !
L'officier haussa les épaules et relâcha Antonius. Il fit signe à ses hommes, et la patrouille reprit sa ronde, laissant les deux garçons devant l'entrepôt de Bakyrès.
Aussitôt, Antonius ouvrit la porte et ils se glissèrent dans le hangar. Ils allumèrent une torche et avancèrent dans les allées ménagées entre les caisses et les amphores.
– Qu'est-ce qu'on est venus faire ici ? demanda Marcus.
Antonius s'arrêta devant un lot de larges amphores.
– Chercher ça ! répondit-il en ouvrant un des récipients de terre cuite.
Marcus regarda son cousin plonger sans hésitation le bras dans un liquide sombre et visqueux. Une odeur forte et plutôt désagréable lui frappa les narines. C'était la saumure épicée dans laquelle on conservait le poisson. Ses yeux se mirent à pleurer. Il détourna la tête, pris d'une subite nausée.
Antonius se retourna en souriant.
– Attrape un sac ! Là-bas, indiqua-t-il du menton.
Marcus fouilla dans une pile et en sortit un petit sac de toile.
Antonius y fourra un étrange poisson au corps blanc muni de tentacules.
– Mais pourquoi es-tu venu chercher cette horreur ? demanda Marcus, dégoûté.

Sans répondre, Antonius regarda autour de lui, se pencha et ramassa quelque chose par terre.
— C'est bon ! dit-il en brandissant un clou rouillé sous le nez de son cousin, de plus en plus intrigué. On peut y aller ! Direction les égouts !

18

Quand Marcus et Antonius arrivèrent à l'entrée du Grand Égout, les tout premiers rayons du soleil pointaient derrière le temple de Jupiter, au sommet du Capitole.
– Le jour va bientôt se lever ! remarqua Marcus.
– Alors, ne perdons pas de temps !
Les deux cousins s'engouffrèrent sous la voûte. Ils avancèrent lentement dans les galeries humides. Cette fois, ils avaient pris soin de s'engager du bon côté de l'égout. Ils n'auraient plus à traverser les eaux sales.
La lumière de la torche qu'ils avaient apportée de l'entrepôt avait du mal à percer l'obscurité. Ici, c'était encore la nuit, et elle semblait épaisse, presque solide. La flamme éclairait en vacillant les pierres couvertes de mousse. Aux pieds des garçons coulaient les eaux noires. Des immondices flottaient à la surface. Et cette odeur ! Marcus avait

oublié qu'elle était aussi épouvantable.
Ils dépassèrent l'escalier par lequel les vigiles et Krux étaient descendus.
– C'est par là, chuchota Antonius au bout d'un moment.
Ils prirent le conduit sur leur droite. L'odeur s'atténua à mesure qu'ils s'éloignaient de la galerie principale, mais l'atmosphère se fit plus lourde. Marcus avait un peu de mal à respirer et suivait comme un somnambule la grande silhouette de son cousin. Le bruit, pourtant étouffé, de leurs pas résonnait dans sa tête.
Des toiles d'araignée pendaient au plafond. La torche d'Antonius les brûlait au passage. Marcus crut entendre les araignées tomber par terre. Il se mit à imaginer des milliers de pattes velues courant autour de lui. Paniqué, il pressa tellement le pas qu'il heurta son cousin. Furieux, Antonius se retourna :
– Chut ! Cesse de faire l'idiot !
Ils prirent à gauche. Brusquement, Antonius s'arrêta.
– C'est là, murmura-t-il.
À la lumière de la torche, Marcus put en effet voir briller les eaux calmes du bassin de décantation. Tout était silencieux.
– Qu'est-ce qu'on fait, maintenant ? demanda-t-il.
– Toi, tu m'attends ici, ordonna Antonius. Moi, je vais faire le tour pour essayer d'arriver dans la galerie des sacs par-derrière.

Marcus ouvrit des yeux incrédules.
— Mais…, voulut-il protester.
— Si je ne reviens pas, ou si tu m'entends crier, tu t'enfuis immédiatement.
— Mais…
— Compris ? Et ferme la bouche, tu vas avaler des araignées !
Sur ce, il planta là Marcus et repartit sans hésitation. Il avait toujours, attaché autour de sa taille, le sac de toile qui contenait le poisson blanc.
Fort mécontent, Marcus le vit s'éloigner puis disparaître. Tout seul dans le noir, il tourna nerveusement la tête à droite et à gauche. Il décida de se rapprocher le plus possible du bassin. Là, au moins, l'aube naissante laissait un peu de jour filtrer par l'ouverture du plafond.

Antonius était revenu dans la galerie principale. Il tourna à droite et continua à la longer à la recherche d'un autre passage vers le réservoir.
Au bout d'une cinquantaine de pas, il trouva enfin un passage qui partait en biais sur sa droite. Il était très étroit et ressemblait plutôt à un boyau. Antonius hésita, puis s'y enfonça résolument.
Soudain, il s'arrêta et tendit l'oreille.
Quelque chose avait attiré son attention. Mais il n'y avait rien, pas un bruit. Juste une faible rumeur. Comme un doux murmure.
Malgré tout, il pressa le pas. Selon ses calculs, cette galerie devait soit le mener directement aux

sacs, soit déboucher sur un autre conduit qui le ramènerait vers le bassin.

Soudain, il entendit la rumeur grossir brusquement, amplifiée par l'écho. Loin devant lui, quelque chose bougea. À la lumière de la torche, il perçut des mouvements, des reflets étranges. Puis la rumeur se transforma en grondement, et Antonius sentit sa gorge se nouer.

– Mais qu'est-ce que...

À cet instant, le grondement devint rugissement. En un éclair, l'adolescent comprit : un mur d'eau déboulait droit sur lui !

Paniqué, il leva sa torche et regarda autour de lui. Il aperçut un trou dans le mur. C'était un autre conduit. Antonius fonça sans réfléchir. Il était temps ! L'endroit où il se tenait quelques secondes auparavant fut submergé avec une violence inouïe.

Antonius se retourna, le cœur battant. Visiblement, il s'était trompé. Ce boyau étroit n'était qu'un conduit d'évacuation qui rejoignait la galerie principale. Il sentit du froid au niveau de ses pieds. Il baissa les yeux et vit que l'eau montait rapidement. Il fallait qu'il avance. Il se mit à courir maladroitement.

Mais, au bout de quelques instants, un mur sembla se précipiter à sa rencontre. Il n'eut que le temps de s'arrêter net. Sa torche éclaira une paroi métallique. Il était dans un cul-de-sac !

– Oh non ! gémit-il.

Ce devait être une vanne. Mais elle était fermée.

Désespéré, Antonius se retourna. Dans le premier conduit, le grondement ne semblait pas diminuer. L'eau montait rapidement le long de ses jambes. Il allait être noyé !

19

En essayant de garder son calme, Antonius explora la paroi à la recherche d'une poignée ou d'une ouverture. Il ne trouva rien.

« Pourtant, si c'est une vanne, il doit y avoir une petite chance », se dit-il.

Il avait déjà de l'eau jusqu'aux cuisses. Sentant la panique le gagner, il regarda autour de lui. Aucune issue. Il leva la tête.

– Gagné !

Sa torche venait de lui révéler un trou dans le plafond. C'était la fente par laquelle coulissait la vanne. Elle était large et Antonius pourrait s'y glisser.

L'eau lui arrivait maintenant à la taille. Il se dressa sur la pointe des pieds et tendit le bras pour atteindre le trou. Il sentit sous ses doigts une barre métallique. Il l'agrippa fermement et se hissa. Mais, suspendu à une seule main, il n'arrivait à rien. Il fut contraint d'abandonner sa torche, qui

tomba et s'éteignit en chuintant. Antonius se retrouva dans le noir complet.
Fermement accroché, il entreprit de se hisser à la seule force des bras. Il réussit à s'extirper de l'eau et enroula un de ses bras autour de la barre. Se maintenant tant bien que mal en équilibre, il tâtonna fébrilement, cherchant une deuxième prise sur la paroi de l'ouverture. Et la trouva !
C'était un rebord de pierre. Dans un ultime effort, Antonius banda ses muscles pour l'atteindre. Haletant, trempé, il s'assit. Machinalement il s'assura qu'il avait toujours son sac.
L'eau avait complètement noyé le conduit. Elle affleurait à hauteur de la vanne, mais semblait s'être arrêtée de monter.
Un silence pesant s'installa. Antonius scruta la pénombre, inquiet. Comment allait-il faire pour sortir de là ?
Soudain, un nouveau grondement résonna. Des bulles apparurent à la surface, agitant l'eau nauséabonde. Au bout d'un moment, ses yeux s'étant habitués à l'obscurité, Antonius vit le niveau baisser. Le conduit était en train de se vider.
Soulagé, le garçon attendit encore un peu, puis sauta. Les mains tendues en avant, de l'eau jusqu'aux genoux, il pataugea jusqu'au boyau d'évacuation et repartit en direction du bassin. Il parvint bientôt dans une autre galerie et aperçut une lueur jaunâtre sur sa droite.
Il reprit courage : il était sur la bonne voie !

Devant lui, le conduit faisait un coude. Il avança lentement. Tout à coup, un reniflement involontaire lui échappa. Un éternuement bruyant lui répondit. Redoublant de prudence, Antonius s'accroupit, puis s'allongea sur le sol gluant. Il se mit à ramper jusqu'à l'angle de la galerie et risqua un coup d'œil.
Un feu brûlait à une vingtaine de pas. L'adolescent vit les sacs entassés dans l'ombre, près de la paroi de la galerie. Il avait de la chance : relativement éloignés du feu, ils se trouvaient du côté par lequel lui-même était venu.
Un autre éternuement résonna. Assis en tailleur près du feu, un garde tournait le dos à Antonius, sa lance posée sur l'épaule. Transi de froid, l'homme s'était enrhumé et reniflait avec bruit.
Antonius chercha les autres vigiles du regard. Ils étaient endormis près du feu. « Allez, du courage », murmura-t-il.
Il détacha le petit sac de toile de sa ceinture et rampa le long du mur jusqu'à ce qui ne pouvait être autre chose que le butin de l'Annone. Il en aurait mis sa main à couper. Là, il sortit le poisson blanc à tentacules.
À ce moment, le garde leva le nez. Malgré son rhume, il venait de sentir la saumure. Il s'étira, bâilla, puis cracha dans le feu.
– Qu'est-ce que ça pue, ici ! s'exclama-t-il.
Il se leva brusquement.
Antonius s'immobilisa et retint sa respiration. Il se

plaqua contre la pierre froide. Malgré l'humidité, il sentit son dos se couvrir de sueur.
Le vigile se pencha vers ses collègues.
– C'est ça, dormez bien, bande de veinards! grogna-t-il.
Il était à deux pas d'Antonius. S'il se retournait, c'en était fini! L'adolescent maudit sa grande taille. Pour une fois, il aurait aimé être menu comme Marcus… Il réalisa que le poisson blanc était à découvert, éclairé par les lueurs du feu. Il tendait le bras pour le cacher quand, soudain, le garde se retourna vers les sacs. Antonius se figea, souffle bloqué.
À cet instant, un objet frappa la surface du bassin de décantation. Le garde sursauta et se précipita aussitôt vers le réservoir.
Profitant de cette opportunité, Antonius dénoua rapidement un des sacs. Il y glissa le poisson, puis sortit de sa poche le clou rouillé ramassé dans l'entrepôt. Il en transperça le poisson. Ensuite, il referma le sac…
Le garde revint dans le conduit. Il s'arrêta devant le feu et tendit les mains au-dessus des flammes pour les réchauffer.
– Cet endroit est pourri! Si ça continue, le plafond va nous tomber sur la tête! maugréa-t-il.
De nouveau, un bruit résonna près du réservoir. Le vigile eut un geste de mauvaise humeur et retourna dans la salle carrée.
– Ça suffit! Qui va là?

Antonius recula dans le conduit, les yeux rivés sur l'homme.

Quand il eut dépassé le coude de la galerie, il se redressa et s'enfuit dans l'obscurité. Malgré le froid et la fatigue, il jubilait. « Ça y est ! Le piège est en place ! »

De son côté, Marcus surveilla le garde encore un moment. Il ne voyait plus Antonius près des sacs. Tout semblait bien se dérouler. Tant mieux ! Il ne tenait pas à attirer une troisième fois l'attention du vigile en lançant un autre caillou dans l'eau ! Il s'éloigna du réservoir à reculons.

Quand il déboucha sous la voûte de la galerie principale, il poussa un cri d'effroi. Devant lui se tenait un homme couvert de crasse.

— Alors, cousin ! Tu ne me reconnais pas ? dit une voix familière, tandis qu'un grand sourire éclairait le visage d'Antonius.

Marcus soupira, soulagé.

— Merci d'avoir détourné l'attention du garde ! continua Antonius. Sans toi, j'étais fait comme un rat !

— Comme un rat d'égout ! plaisanta Marcus.

— Tu ne crois pas si bien dire ! répliqua Antonius, soudain sérieux.

Il repensait à la galerie obscure où il avait failli mourir noyé et ne put s'empêcher de frissonner.

20

Lorsque les deux cousins arrivèrent chez eux, ils y trouvèrent Titus occupé à déchiffrer une tablette de cire. En les voyant, il bondit.
– Où étiez-vous ? Ça fait une heure que je vous attends !
Les deux cousins échangèrent un regard entendu.
– On a fait un tour sur les quais…, répondit Marcus. Qu'est-ce que tu lis ?
– Oh, c'est un passage de Virgile que je dois revoir pour mon prochain cours, répondit Titus.
Il fronça le nez, s'apercevant de la crasse de ses deux amis.
– Pouah, mais qu'est-ce que c'est que cette odeur ? demanda-t-il. Vous n'étiez pas sur les quais !
Dans leur chambre, où ils étaient partis faire un brin de toilette et changer de tunique, les deux cousins éclatèrent de rire.
– Gagné ! dit Antonius en ressortant. On était sur la lune ! Bon, on y va ?

Ce matin, l'air était vif. Marcus ne put retenir un frisson. Il bâilla bruyamment. La luminosité du ciel faisait plisser les yeux à Antonius. Lui aussi commençait à accuser la fatigue. Et la journée ne faisait que commencer!

Les trois garçons retrouvèrent Akis les attendant comme convenu près du pont Æmilius.

– Enfin! s'écria le fils de Bakyrès. Ça fait un moment que je suis là!

Les quatre garçons filèrent vers la préfecture de la Ville, sur l'Esquilin.

Valerius écouta attentivement la requête de Marcus.

– Mais pourquoi lui plutôt qu'un autre sénateur? demanda le préfet, surpris.

– Une intuition, répondit Marcus, mal à l'aise.

– Une intuition! s'énerva le préfet. Il me faut des preuves, pas une intuition! On ne peut pas accuser Tullius Gracchus à la légère! C'est un édile. Il vient juste d'offrir des spectacles magnifiques à la Ville. Et surtout... il est au mieux avec Auguste!

– Nous savons tout ça! s'écria Marcus. Il suffit juste que je vérifie si Gracchus est bien le sénateur que j'ai vu aux thermes avec Krux.

– Et quand bien même ce serait lui, objecta le préfet, ce sera ta parole contre la sienne. Et je crains que tu ne fasses pas le poids, mon pauvre Marcus!

À ce moment, Titus prit tranquillement la parole.
— Mais, alors, que penses-tu, Valerius, des vigiles que nous avons croisés dans les égouts ?
— Comment ça ? demanda le préfet, interloqué. Je suis au courant. C'est moi qui ai envoyé Proprianus fouiller les égouts. À ce propos, il m'a dit vous y avoir rencontrés. Je suis d'accord avec lui. Vous êtes très curieux. Trop, peut-être...
Titus continua, un grand sourire aux lèvres :
— Je ne parle pas de la patrouille de Proprianus ! Je te parle des autres vigiles !
Le préfet sursauta comme s'il avait été mordu :
— Quels autres vigiles ?
— Ceux qui accompagnaient Krux..., lâcha Titus d'une voix douce.
Valerius n'y comprenait plus rien. D'une voix sévère, il somma Titus de s'expliquer, ce que ce dernier fit volontiers, persuadé de tenir sa victoire.
— Qui sont ces vigiles qui gardent des sacs ? balbutia Valerius à la fin, incrédule. Je n'ai envoyé personne d'autre que Proprianus. Vous avez dû vous tromper. Et, d'ailleurs, rien ne prouve que ces sacs soient le butin de l'Annone !
— D'accord sur ce point, acquiesça Titus. Malgré tout, si tu n'as pas envoyé une autre patrouille, qui l'a fait ? Admets que seul un homme très important peut se permettre de réquisitionner des vigiles sans que ces derniers soupçonnent quoi que ce soit.
Valerius secouait la tête, incrédule :

- Ce n'est pas possible, voyons...
- Pourtant si. Autant que la terre est ronde, Valerius !

Un peu plus tard, Marcus, Titus et Akis gravissaient lentement la montée Publicius en direction de l'Aventin. Ils étaient accompagnés de Valerius. Ce dernier avait fini par accepter de se prêter à leur jeu. Mais du bout des lèvres seulement. Malgré tout, une petite escorte de soldats les suivait, au cas où.
Avant de partir, Valerius avait convoqué Proprianus et lui avait fait part des soupçons des adolescents. Ensemble, ils avaient décidé de constituer deux équipes. Pendant que le préfet irait en personne parler à l'édile, Proprianus accompagnerait Antonius dans les égouts. Aidés d'une patrouille, ils avaient pour mission de récupérer les sacs et d'interroger les hommes qui en avaient la garde.
En arrivant devant la villa de Gracchus, Valerius hésita un instant :
— Votre plan est insensé, et moi, je suis un fou !

Vous vous rendez compte de ce que nous allons faire ? Déranger un édile, ami de l'empereur, juste pour voir son visage ! Souhaitons qu'il soit dans de bonnes dispositions. Je connais l'homme. Il n'est pas porté sur la plaisanterie.
Mais Titus s'avança, très sûr de lui :
– Laisse-moi faire !
Il frappa à la porte. Celle-ci s'ouvrit sur une montagne de muscles.
– Titus ! Quelle surprise ! s'écria le gardien.
– Comment ça va, Radior ? Ton maître est-il là ?
Stupéfait par l'aplomb de Titus, Valerius ne put s'empêcher de rire.
– Décidément, ces garçons connaissent tout le monde ! s'exclama-t-il. Qui donc est préfet de la Ville, ici ? Eux ou moi ?
À ce moment, le colosse reconnut Valerius :
– Préfet Valerius ! Je ne t'avais pas vu ! Je vais t'annoncer tout de suite ! Entre !
Valerius et les trois adolescents pénétrèrent dans le luxueux vestibule de la demeure de Gracchus. Valerius fit signe à ses hommes d'attendre dehors.
– Ils n'entrent pas ? demanda Akis.
– Voyons, sourit le préfet, ça ne se fait pas ! Nous sommes entre nobles, Gracchus et moi, pas entre galériens !
En attendant l'arrivée de Gracchus, les garçons admirèrent les richesses qui décoraient le vestibule. La pièce donnait sur un jardin intérieur, et Akis ne put retenir un cri d'admiration.

— Nom d'un volcan ! laissa-t-il échapper.
— Ce que tu peux être plébéien, Akis ! se moqua Titus.
À ce moment, un bruit régulier de sandales en cuir claquant sur le marbre résonna, et Gracchus apparut. Marcus le reconnut aussitôt. « C'est lui ! » gronda-t-il intérieurement en serrant les poings.
L'édile jeta sur les garçons un regard à la fois dédaigneux et surpris. Il s'arrêta vaguement sur Marcus, fronça légèrement les sourcils, mais ne sembla pas le reconnaître.
— Aulus Valerius ! s'exclama Gracchus. Tu es venu honorer ma demeure de ta présence ! Et en compagnie de quelques jeunes Romains, à ce que je vois !
— Tullius Gracchus, l'honneur est pour moi, répondit poliment Valerius. Auguste a de la chance de te compter parmi ses amis !
— Tu n'es qu'un flatteur, Valerius !
Les deux hommes rirent, d'un rire très mondain. Puis le sourire disparut du visage du sénateur aussi vite qu'il était venu.
— Quelle raison t'amène donc chez moi ? demanda-t-il au préfet.
Embarrassé, Valerius jeta un bref coup d'œil à Marcus, qui hocha imperceptiblement la tête.
— Ces jeunes gens…, commença le préfet, voudraient…
Comprenant que Valerius ne savait comment com-

mencer, Marcus enchaîna aussitôt :
— ... te remercier pour les fêtes que tu as données à la Ville !
— Et vous avez réussi à convaincre le préfet de vous accompagner rien que pour ça, repartit Gracchus d'un ton narquois.
Le ton méprisant de l'édile agaça Marcus, qui décida d'attaquer directement :
— Je t'ai servi aux thermes, il y a deux jours, Gracchus. Tu t'en souviens ?
Le sénateur se pencha vers lui.
— Non ! répondit-il sèchement.
— Pourtant, reprit Marcus, c'était le jour où l'on a assassiné un client. Un jour qu'on n'oublie pas...
Gracchus pâlit très légèrement, mais se ressaisit immédiatement.
— Où veux-tu en venir ? demanda-t-il. Je n'ai...
— Tu étais avec Krux, l'interrompit Marcus sans se démonter.
Cette fois, l'édile parut très bien reconnaître le garçon. Néanmoins, il nia :
— Je ne connais personne de ce nom-là !
— Mais si ! affirma Marcus avec aplomb. Je peux en témoigner !
Valerius observait cet échange avec beaucoup d'intérêt. Marcus marquait des points. L'édile paraissait de plus en plus mal à l'aise. Il se mit soudain en colère, ce qui acheva de convaincre le préfet.
— Dis donc, morveux ! s'écria Gracchus. Sais-tu

seulement combien de personnes m'ont approché ces derniers jours, simplement pour me remercier ? Et combien d'amis j'ai encore à recevoir aujourd'hui ? Comment pourrais-je me souvenir de tous ?

Puis il se tourna vivement vers le préfet :

– Cher Valerius, cette visite est très touchante. Mais tes amis semblent ignorer les responsabilités qui sont celles des grands de ce monde. Ils sont encore jeunes, il est vrai. En revanche, je pensais qu'à ton âge tu te montrerais moins puéril. J'ai assez perdu de temps…

Marcus se mordit les lèvres. « Gracchus va nous chasser comme un éléphant chasse des mouches importunes », se dit-il.

Mais c'était compter sans la ténacité de Valerius. Le préfet n'avait pas apprécié la réflexion de l'édile et lui coupa sèchement la parole.

– Les grands de ce monde sont avant tout des citoyens de Rome ! Aussi grands soient-ils, ils ne peuvent échapper aux lois. Je suis ici en tant que préfet de la Ville, et je ne repartirai qu'après avoir obtenu des réponses à mes questions !

– Tu viens de signer ta perte, Valerius, finit par cracher l'édile, les yeux brillants de haine. Auguste sera au courant de ta conduite dès ce soir !

– Je n'en doute pas, répondit froidement le préfet.

22

Un grand silence se fit. Valerius et Gracchus se défiaient du regard.
— Je ne répondrai à aucune de tes questions, siffla Gracchus.
— Comme tu voudras, répondit Valerius. Je te convoquerai dans mon bureau, à la Préfecture.
L'édile eut un sourire méprisant :
— Tu n'en auras pas l'occasion. Entre-temps, Auguste sera intervenu.
— Ne sois pas trop sûr de toi, Gracchus...
Pendant ce temps, les trois adolescents discutaient à voix basse.
— Il faudrait fouiller la maison, suggéra Akis.
— Mais pour chercher quoi ? répliqua Marcus. On ne sait pas si les sacs contiennent le butin, et surtout s'ils sont déjà ici.
— Et puis la maison est trop vaste, dit Titus. Il faudrait savoir où chercher.
— ... On verra d'abord comment réagira l'empe-

reur à quelques petites suggestions dont j'ai à lui faire part te concernant, continuait Valerius.
Soudain, Titus interpella le préfet :
— Valerius, nous souhaiterions voir tes toilettes !
Désarçonné, le préfet ne sut que répondre. Gracchus en profita aussitôt.
— L'impertinence n'a plus de limites ! s'exclama-t-il, sarcastique.
Valerius fronça les sourcils. Que préparaient encore les garçons ?
— Oui, les toilettes, répéta Titus.
Sans trop savoir pourquoi, Valerius décida de leur faire confiance une fois de plus. Ils avaient une idée derrière la tête, c'était évident.
Gracchus, excédé, s'emporta :
— Décidément, Valerius, tu fréquentes des plaisantins douteux ! Ma maison n'est pas une latrine publique. Mais si c'est le seul moyen de me débarrasser de vous, allons-y !
Suivant le sénateur, tous se rendirent vers le fond de la maison, jusqu'à une pièce décorée d'une fresque représentant un paysage du Latium. Plusieurs sièges d'aisance en marbre entouraient la salle spacieuse et bien éclairée.
— Allez-y ! se moqua Gracchus en les invitant à entrer d'un geste de la main.
Aussitôt dans la pièce, les trois amis se penchèrent et entreprirent d'examiner le sol, couvert au centre d'une superbe mosaïque : c'était une scène de chasse dans laquelle deux hommes visaient un

cerf avec leur arc. Interloqués, les deux adultes se regardèrent.

— Mais que faites-vous donc ? demanda Valerius avec aigreur.

À présent, Gracchus riait aux éclats :

— C'est une fresque ! Vous n'en avez donc jamais vu ?

— Voulez-vous bien me répondre à la fin, s'écria Valerius, exaspéré. Que cherchez-vous ?

— Rappelle-toi les égouts, Valerius, répondit Titus sans relever la tête.

— J'ai trouvé ! s'exclama soudain Marcus en pointant triomphalement le doigt vers un des chasseurs. Valerius se pencha et vit une petite éclaboussure sur la tunique du personnage.

— Marcus ! s'indigna-t-il. Ce n'est qu'une tache sur le sol !

Gracchus gloussait, les mains croisées sur le ventre. Il jubilait.

— Ce sont les sacs qui l'ont faite. Où se trouvent les sacs, Gracchus ? cria Marcus.

L'édile éclata encore une fois de rire.

— Quels sacs ? se moqua-t-il. Valerius, le comportement de ces garçons m'inquiète.

Devant tant de fausseté, Marcus s'emporta vraiment.

— Sale voleur ! hurla-t-il. Où est le butin de l'Annone ?

Gracchus cessa brusquement de rire et devint rouge de colère.

– Maintenant, ça suffit ! Toi, tu vas regretter tes paroles, dit-il en agitant un doigt menaçant en direction de Marcus.
Puis il s'adressa à Valerius :
– Quant à toi, préfet, je te promets une carrière des plus brèves ! L'empereur n'apprécie guère que l'on insulte ses amis !
À cet instant, le sol des toilettes se mit à bouger et une dalle se souleva.
– Titus, tu avais raison ! s'écria Akis.

23

La dalle glissa lourdement sur le côté et une tête apparut. C'était celle de Proprianus. Gracchus devint blême
— Que... qu'est-ce que cela signifie ? demanda-t-il d'un air égaré.
Valerius le saisit par l'épaule.
— C'est justement la question que j'allais te poser, répondit-il.
— Préfet Valerius, dit l'officier des vigiles, j'ai rarement été aussi content de te voir !
Valerius rit :
— Je l'imagine sans peine, Proprianus ! Sors de ce trou puant et explique-moi clairement ce que je commence à deviner.
Proprianus se hissa hors du trou, suivi d'Antonius et de sa patrouille de vigiles. Antonius retrouva ses amis avec plaisir.
— Tu as réussi, Antonius ! s'écria Marcus, fier de

son cousin. Juste au moment où Gracchus allait s'en sortir !
Ce dernier essaya de se reprendre.
— Qu'est-ce que c'est que ces histoires ? Veuillez quitter cette maison ! Cette conduite est inqualifiable ! aboya-t-il à l'adresse de Proprianus et des vigiles.
Sans lui prêter attention, l'officier s'adressa à Valerius.
— Nous venons de constater que Gracchus a fait agrandir les canalisations de ses toilettes. Un homme peut s'y glisser aisément et rejoindre directement le réseau des égouts de la ville…
— Et alors ? glapit Gracchus. Ce genre de travaux n'est pas interdit !
Proprianus ignora son intervention.
— Nous n'avons eu aucune difficulté, continua-t-il, à venir de l'endroit où les garçons avaient vu les sacs jusqu'à la maison de Gracchus.
— Oui, sauf que les sacs ont disparu, enchaîna Antonius. Et ceux qui en avaient la garde aussi.
— Mais nous savons qu'ils sont ici, dit Marcus en faisant un clin d'œil à Antonius. Quelque part dans cette maison.
Proprianus attrapa Gracchus par le col de sa tunique.
— Je te conseille de numéroter tes os, sénateur, lui dit-il. Auguste n'aime pas les traîtres. Tu ne seras pas son Brutus, je te le garantis ! Gardes, emmenez ce cafard, et faites le tour de la maison avec lui.

Trouvez-moi ces sacs ! Faites-le parler !

Les hommes de Proprianus sortirent en entraînant Gracchus, trop défait pour protester.

Valerius leva un sourcil interrogateur :

— Et si on m'expliquait les choses ! Tout le monde a l'air sûr que ces sacs sont ici. Mais, à moi, on ne m'a parlé que d'une tache sur le sol !

Proprianus désigna du regard Antonius, et le préfet Valerius se tourna vers l'adolescent.

— Comment as-tu pu retrouver la trace des sacs dans le labyrinthe des égouts ? demanda-t-il.

Titus et Akis se rapprochèrent, eux aussi curieux de connaître la façon dont Antonius s'y était pris. Marcus savourait la victoire de son cousin, qui était aussi un peu la sienne.

— Hier, nous avons trouvé les sacs dans les égouts, expliqua Antonius. Nous avons tout de suite pensé au butin. Après, on a réfléchi et on a commencé à avoir des soupçons sur Gracchus…

— Ces jeunes sont plus vifs que nous, fit remarquer Valerius à Proprianus.

— Mais la nuit dernière, poursuivit Antonius, j'ai eu peur que les sacs ne soient enlevés. Il me fallait quelque chose pour pouvoir les retrouver à coup sûr. Alors, j'ai pris une seiche dans l'entrepôt de Bakyrès.

— Une seiche ? répéta Valerius, éberlué.

— Oui. Je suis retourné la placer dans un des sacs, et j'ai percé la poche d'encre. Cette encre est indélébile, et elle a marqué les pièces et les sacs. Sans

se douter de rien, Gracchus a fait ramener chez lui les sacs, qui ont laissé des taches sur le sol des égouts. Il nous a suffi de suivre ces traces pour retrouver le chemin par lequel les sacs avaient été emportés. Et elles nous ont amenés ici.
– Voilà qui explique la joie de Marcus quand il a vu la tache sur le sol des toilettes, dit Valerius. Mais comment saviez-vous que ça vous mènerait à Gracchus ?
– On ne le savait pas, répondit Antonius avec candeur. Et on n'était pas sûrs non plus de ce qu'il y avait dans les sacs. C'était un risque à prendre.
Proprianus s'approcha et lui donna une tape amicale sur l'épaule.
– Un simple risque, peut-être, mais il fallait un grand courage pour marquer les sacs !
– Je n'étais pas seul, répondit modestement Antonius. Marcus m'a aidé à mettre la seiche.
Titus bondit :
– Voilà d'où vous reveniez ce matin ! Vous n'étiez pas...
Il s'arrêta net en comprenant la bêtise qu'il allait dire.
– Eh non, Titus ! On n'était pas sur la lune ! Quelle idée, quand même ! s'exclama Antonius.
Tout le monde éclata de rire ; sauf Marcus, qui semblait soucieux.
– Et Krux dans tout ça ? demanda-t-il. Où est-il ?
– Krux ? Hélas, j'ai bien peur qu'il nous ait échappé ! déplora Valerius. Mais, rassure-toi, il

doit être loin à l'heure qu'il est !
C'est alors qu'un vigile arriva en courant.
— Préfet Valerius, c'est terrible ! Gracchus a tout avoué. Il nous a montré où il avait enterré les sacs, derrière sa maison. C'est bien le trésor de l'Annone !
— Mais c'est une bonne nouvelle ! répondit Valerius. Pourquoi dis-tu que c'est terrible ?
— C'est que... il y a... un homme... enterré avec les sacs, marmonna le vigile.
Marcus sursauta :
— Est-ce que cet homme a une balafre sur le visage ?
— Oui, répondit le garde. Une cicatrice en forme de croix...
— C'est lui ! C'est Krux ! soupira Marcus, soulagé.
— On dirait que Gracchus cherchait à supprimer tous les témoins, dit Titus. Après les dix esclaves empoisonnés, il a éliminé son homme de main. Quel ignoble individu !
— Et ceux qui gardaient les sacs ? demanda Akis.
— Eux aussi étaient des complices, expliqua le vigile. Après la mort de Krux, ils ont dû s'enfuir de crainte que Gracchus ne les élimine à leur tour.
— C'était donc ça, la deuxième patrouille de vigiles dans les égouts ! soupira Proprianus, rassuré. Pas très malin, comme déguisement... C'est justement le faux indice qui nous a orientés sur Gracchus !
Valerius lui fit un signe :

— Beau travail, soldat. Je saurai m'en souvenir. Rapporte l'argent à l'Annone. Essaie de retrouver les faux vigiles. Et jette-moi Gracchus dans un endroit sombre et humide. En attendant qu'Auguste décide du sort de son cher ami !
— À tes ordres, Valerius !
Valerius, Proprianus et les adolescents s'éloignèrent de la maison de Gracchus en direction du forum.
— Préfet Valerius, je peux te poser une question ? demanda Marcus.
— Je t'écoute.
— Pourquoi Gracchus a-t-il commis ce vol ? Il est très riche, après tout.
— L'ambition, Marcus ! C'est l'ambition qui l'aura perdu. Gracchus était édile, mais il voulait se faire élire préteur, qui est une fonction encore plus importante. Pour cela, il devait faire parler de lui : en offrant des jeux au peuple, en étant généreux avec ses amis. Tout ça exige beaucoup d'argent ! Gracchus a choisi de faire main basse sur le trésor de l'Annone. Mais il n'avait pas pensé qu'il y aurait sur sa route quatre jeunes Romains valeureux !
Les adolescents sourirent, fiers du compliment.
Titus prit la parole à son tour :
— Et l'homme que Krux a tué aux thermes ?
— Il s'appelait Domitius, expliqua le préfet. Lui et Gracchus se croisaient de temps en temps chez Auguste. Domitius était responsable du service de

la Poste, sous l'autorité de l'Annone. C'est par lui que Gracchus a appris où le trésor de l'Annone était gardé. Je pense que Domitius a fini par deviner les intentions de Gracchus. Et l'édile l'a fait supprimer par Krux.

Médusés par tant de crimes, les adolescents gardèrent le silence un moment, pensifs.

— Gracchus était si ambitieux qu'il en est devenu fou, dit enfin Akis.

— C'est ce qu'on appelle la folie des grandeurs, répliqua Titus.

Valerius sourit.

— Je dois encore vous remercier, reprit-il. Vous m'avez rappelé quelque chose de très précieux…

Il marqua un temps d'arrêt. Les quatre amis et Proprianus le regardèrent avec curiosité.

— Alors, Valerius ? demanda Proprianus.

— Des sénateurs peuvent très bien se comporter comme des galériens !

Tous éclatèrent de rire. Marcus plus fort que les autres. Il se sentait enfin libre, pour la première fois depuis deux jours. Krux ne pourrait plus jamais le menacer.

FIN

Avis aux lecteurs

Tu as beaucoup aimé ce livre, tu veux en parler
aux auteurs, leur poser des questions.
Écris vite à
Bayard Éditions
Série Mysteria
3/5, rue Bayard
75008 Paris

Tu auras une réponse.

Tu as aimé les aventures de

MYSTERIA

Découvre ces quelques pages de

**PASSAGERS
CLANDESTINS**

De leur côté, Antonius et Marcus avaient rejoint le *Trophirès*. Vue d'en bas, la masse sombre de la coque semblait immense. Les cordages qui le retenaient au quai grinçaient de façon sinistre.
— Et maintenant, qu'est-ce qu'on fait ? demanda Marcus.
— Essayons de grimper à bord !
Les deux cousins nagèrent le long du navire. Ballottés par la houle, ils montaient et descendaient au gré des vagues. Plusieurs fois, ils furent déportés par les courants vers les bateaux voisins, et seule leur agilité leur évita d'être écrasés.
Mais ils commençaient à s'épuiser. Les flancs du *Trophirès* n'offraient aucune prise. Antonius avait bien remarqué sur tout le pourtour du bateau une saillie qui faisait comme une étroite corniche. Mais elle se trouvait à la hauteur des ouvertures par où passaient les rames. C'était beaucoup trop haut. Le garçon finit par donner le signal du repli.
— Rentrons ! dit-il, la mort dans l'âme.
Il fallait se rendre à l'évidence : ce n'était pas une très bonne idée qu'il avait eue là. Ils revenaient

vers l'arrière quand ils entendirent des cris :
– Larguez les amarres !
En un clin d'œil, les adolescents comprirent que le *Trophirès* appareillait. Dans un instant, les cordages retenant le bateau à quai seraient jetés à l'eau. Puis les immenses avirons, maniés par plusieurs hommes, prendraient appui sur le quai pour en éloigner le navire.
– Qu'est-ce qu'on fait ? cria Marcus. Le bateau s'en va !
Il était clair que ce voyage serait sans retour pour Bakyrès et Akis. On les vendrait comme esclaves dans quelque port d'Orient, d'Afrique ou d'Hispanie.
« Il doit pourtant y avoir un moyen… », pensa Antonius.
À cet instant, un autre cri retentit :
– Amarres… larguées !
– Vite, sous l'eau ! cria Antonius en appuyant sur le crâne de son cousin.
Marcus n'eut pas le temps de prendre sa respiration et avala une bonne rasade d'eau.
Les deux garçons se laissèrent couler au moment où les lourdes amarres frappaient la surface du fleuve dans une explosion de bulles. Les cordes épaisses s'enfoncèrent autour d'eux comme de grands serpents. L'eau fut violemment agitée et se troubla.

Antonius sentit un choc dans l'épaule et devina qu'il avait été touché par un cordage. Heureusement, il n'avait été qu'effleuré. Il s'éloigna d'un coup de reins et chercha Marcus des yeux. Mais, dans les sombres remous des eaux du port, il ne voyait rien.

Il refit surface. Marcus était à l'arrière du bateau, les poumons en feu et la bouche pleine d'un affreux goût de vase. Il toussait et crachait.

Derrière eux, à une ou deux brasses, une forêt de rames s'abattit soudain sur le fleuve. Ils l'avaient échappé belle. Un instant plus tôt, ils auraient été assommés. Poussé par les rames, le bateau commença à s'éloigner insensiblement du quai. Pendant ce temps, des marins remontaient les amarres une à une sur le pont en les enroulant autour de gros pieux en bois.

– Suis-moi ! s'écria Antonius.

Il se rapprocha de la poupe. Le cordage qui avait servi à retenir l'arrière du bateau battait mollement contre la coque. Antonius tenait le moyen d'accéder au bateau.

Il attrapa la corde et, dans un effort prodigieux, à la seule force des bras, s'arracha hors de l'eau. Quand ses pieds purent à leur tour accrocher la corde, les choses devinrent plus faciles. En peu de temps, il franchit les deux mètres qui le séparaient de la corniche aperçue un peu plus tôt. Il tendit le bras et s'agrippa à la corniche. Ses jambes lâchèrent la corde et vinrent frapper la coque. Il ne tenait plus qu'à la force de ses doigts repliés sur la saillie. Il réussit, au prix d'un ultime effort, à hisser ses jambes jusqu'au rebord de la corniche. Puis il se redressa.

– Fonce, Marcus ! cria-t-il sans se retourner. À toi !

Ce dernier répéta les gestes de son cousin. Mais, fatigué d'avoir tant nagé, il n'arrivait pas à s'extraire de l'eau. Ses mains glissaient sur la corde mouillée, et il retombait sans cesse en arrière, chaque fois un peu plus épuisé. L'énervement aussi le rendait maladroit. Il en aurait pleuré de rage.

Là-haut, Antonius s'était retourné avec précaution et pouvait voir les tentatives de plus en plus désordonnées de Marcus. Le garçon se pencha vers son cousin, mais un de ses pieds glissa dans le vide. Il faillit perdre l'équilibre et se rattrapa de justesse.

– Dépêche-toi ! hurla-t-il. Ils vont remonter la corde !

Dans un effort surhumain, Marcus réussit enfin à s'arracher aux eaux du port. Il grimpa un mètre environ, mais là, complètement harassé, il s'arrêta. Malgré les encouragements de son cousin, il n'arrivait plus à avancer. Soudain, Antonius repéra un anneau vissé dans la coque. Sans hésiter,

EXTRAIT

il s'y accrocha d'une main et, plongeant dans le vide, réussit à saisir Marcus par un bras. Il le souleva jusqu'à lui et l'aida à prendre pied sur l'étroite corniche. Ils avaient réussi !

Découvre vite la suite de cette histoire dans
PASSAGERS CLANDESTINS
N° 905 de la série
MYSTERIA

MYSTERIA

901. MENACE SUR LE GLADIATEUR
902. L'INCENDIAIRE DE ROME
903. SABOTAGE SUR LE TIBRE
904. TRAHIR OU MOURIR ?
905. PASSAGERS CLANDESTINS
906. MEURTRE AUX THERMES

*Impression réalisée sur CAMERON
par BRODARD ET TAUPIN
La Flèche
en octobre 1999*

Imprimé en France
Dépôt légal : novembre 1999
N° d'Éditeur : 5066 – N° d'impression : 6709W